MA VIE SANS PLASTIQUE

Lamazuna

Céline Mollet

MA VIE SANS PLASTIQUE

JE PASSE AU ZÉRO DÉCHET

Éditions marie claire

SOMMAIRE

INTRODUCTION

Nul besoin d'être un fervent défenseur de l'écologie pour voir à quel point la planète a besoin d'être secourue, et comme le phénomène s'est accentué en l'espace d'une décennie seulement. Pollution à haute dose, boom des émissions de gaz à effet de serre, réchauffement climatique, épuisement de la biodiversité, disparition d'espèces menacées... Autant de phénomènes inquiétants qui nous poussent à nous interroger aujourd'hui sur notre manière de vivre et de consommer. La récente pandémie n'a d'ailleurs fait qu'appuyer cette prise de conscience environnementale. Et si c'était le moment de changer ? De revoir ses habitudes et d'adopter un mode de vie plus écologique ? De vivre davantage en harmonie avec la nature, de prendre soin d'elle, en guise de reconnaissance de ce qu'elle nous offre. Bien sûr, on ne pourra pas révolutionner le monde, et il serait bien prétentieux d'imaginer le faire.

Mais si chacun, à son échelle, agit même de façon modérée, cela permettra d'avancer pas à pas pour améliorer les choses. Chaque pas compte, aussi petit soit-il... Vous êtes sceptique ? Si vous connaissez la célèbre légende du colibri, elle peut servir d'exemple. On raconte qu'un jour, dans la forêt d'Amazonie, un gigantesque incendie s'est déclaré. Alors que tous les animaux assistaient horrifiés à la destruction de la forêt, un petit colibri prit l'initiative de faire des allers-retours incessants jusqu'à la rivière, pour rapporter de l'eau dans son minuscule bec. Bien sûr, les quantités d'eau étaient infimes, et même ridicules, comparées à l'immensité de l'incendie. Tandis que les animaux se moquaient de lui, lui expliquant qu'il ne pourrait jamais éteindre le feu, le colibri répondit : « Je sais bien que je n'y arriverai pas tout seul, mais je fais ma part ». Aujourd'hui, le temps est venu de faire notre part. Au minimum, pour éviter de contribuer à la destruction de notre environnement, au maximum, pour tenter de le sauver. Et cela passe par l'éviction du plastique, un fléau qui s'est immiscé petit à petit dans notre quotidien, pour finir par l'envahir en seulement trois générations. Avec lui, ce sont des millions de déchets qui sont produits et qui polluent notre environnement chaque seconde.

À ce niveau, chacun peut agir et devenir un colibri afin de lutter contre la propagation du plastique. Si nous limitons sa consommation, en remontant à la source, les industriels finiront par réduire sa production. Pour venir à bout des déchets plastiques, la meilleure solution reste encore de ne plus en fabriquer ! Repérer les indésirables, trouver des alternatives, réinventer des gestuelles, apprendre à faire le tri, se concentrer sur l'essentiel, c'est ce que vous propose cet ouvrage afin de vous guider sereinement dans votre nouvelle vie sans plastique. Et si vous ne parvenez pas à l'éliminer totalement de votre vie, ne culpabilisez pas. En réussissant à réduire sa consommation de manière drastique, vous aurez déjà fait un peu de votre part !

Partie

- 1 -

LAMAZUNA, ENGAGÉE DEPUIS TOUJOURS EN FAVEUR DE L'ENVIRONNEMENT

L'HISTOIRE DE LAMAZUNA

C'est en 2010 qu'est née la marque Lamazuna. Derrière ce nom original se cache une idée plutôt simple, initiée par Laëtitia Van de Walle. Soucieuse de l'environnement et de sa manière de consommer, cette femme avant-gardiste a un jour l'idée de troquer ses cotons démaquillants jetables contre des lingettes réutilisables. Pourquoi ? Tout simplement parce que la culture du coton est l'une des plus polluantes au monde. 5 260 litres d'eau sont nécessaires pour fabriquer 1 kilo de coton (source CNRS). La culture du coton non biologique nécessite également l'utilisation de pesticides (24 % des pesticides mondialement connus, source : Planetoscope), sans parler des produits chimiques nécessaires à lui donner sa blancheur : chlore ou azurants chimiques. Quant à la quantité de disques démaquillants consommée, elle a de quoi effrayer : en seulement un an, une femme en utilise près de 2 000. Soit 7 m^3 de coton parti à la poubelle en une vie (source Consoglobe).

Toutes ces raisons donnent à Laëtitia Van de Walle l'envie de faire connaître son alternative à ces disques de coton. Cette idée novatrice à l'époque permet également de se passer de produit démaquillant. Une idée zéro déchet. Laëtitia fait tester des prototypes à ses amies, qui sont unanimes. Le concept fonctionne ! Elle doit maintenant trouver un nom pour sa marque. Elle recherche une expression aussi chantante que le célèbre « hakuna matata ». Elle finit par la baptiser « Lamazuna », qui signifie « jolie jeune fille » en géorgien. Un nom trouvé par Nika, son colocataire géorgien de l'époque. Les lingettes sont alors présentées dans un filet de lavage et vendues en ligne sur le site lamazuna.com. Le produit fait tout de suite le buzz et remporte un franc succès auprès des consommatrices. Une prouesse il y a dix ans, alors que la prise de conscience écologique n'en est qu'à ses prémices, en particulier dans le secteur de la beauté. À l'époque, les alternatives aux cotons à démaquiller sont quasiment inexistantes, et le pari était risqué. Mais Laëtitia Van de Walle est une pionnière. D'ailleurs, elle ne s'arrête pas là et continue dans sa lancée écologique en développant sa gamme de produits et son entreprise. Dix ans plus tard, la marque compte 60 salariés et s'est délocalisée dans la Drôme, où de nouveaux projets vont voir le jour pour l'équipe. Un éco-lieu pour 150 salariés, qui vise l'autonomie énergétique et alimentaire, doit sortir de terre en 2022. Concrètement, sur un terrain au pied du Vercors, un jardin en permaculture nourrira l'ensemble de l'équipe

Oriculi
Nettoyeur d'oreilles écologique
EN BIOPLASTIQUE FAIT EN FRANCE
Oriculi
Nettoyeur d'oreilles écologique
EN BIOPLASTIQUE FAIT EN FRANCE

sur place via un restaurant d'entreprise. Pour vivre le zéro déchet dès la petite enfance, une micro-crèche à destination des salariés est également prévue. Les bâtiments de bureaux sont pensés sans climatisation grâce à l'aide d'un bureau d'études et les panneaux photovoltaïques posés sur le toit doivent suffire aux besoins de l'entreprise.

Le respect de L'ENVIRONNEMENT AVANT TOUT

Depuis la création de la marque, l'objectif de Lamazuna est de concevoir et de commercialiser des produits « écolonomiques », comme les nomme Laëtitia Van de Walle. C'est-à-dire des produits innovants, sans danger pour la santé, respectueux de l'environnement et permettant de faire des économies. Bref, des produits qui ont tout bon, de leur conception à leur utilisation. Après le succès remporté par les lingettes écologiques, la marque a créé une coupe menstruelle en silicone platine, qui remplace les centaines de protections périodiques jetables utilisées chaque année, ainsi qu'un outil destiné à remplacer le Coton-tige, l'Oriculi, doté d'une petite spatule pour retirer le cérumen à l'entrée du conduit auditif. Si les premiers exemplaires étaient en bambou, une nouvelle version biosourcée et fabriquée en France est sortie en 2020. La marque met un point d'honneur à ce que ses créations, en plus de leur avantage écologique, facilitent le quotidien de ses consommateurs.

Ces accessoires malins et durables viennent se substituer aux produits que nous utilisons chaque jour en visant toujours un objectif zéro déchet.

Fort de son succès, Lamazuna a développé depuis une gamme de cosmétiques, avec la même volonté de respecter l'environnement et d'éviter le gâchis. Cela se traduit par des cosmétiques solides en tout genre : shampooing, déodorant, dentifrice, à base d'ingrédients d'origine naturelle, véganes et bio. Dépourvus d'emballage plastique, ils sont conditionnés dans des packagings biodégradables, imprimés à l'encre végétale, dans le plus grand respect de l'environnement. Les rares produits non compostables, comme les têtes de brosses à dents, sont recyclés grâce à un partenariat avec TerraCycle.

Les produits et accessoires de Lamazuna permettent de réduire un peu plus chaque jour les déchets dans la salle de bains. Sans flacons en plastique ou stick de déodorant, dépourvue de cotons jetables ou de protections périodiques, la poubelle est allégée et l'environnement préservé.

L'engagement de Lamazuna porte aussi sur l'utilisation d'ingrédients véganes, pour éviter toute exploitation ou

souffrance animale à des fins commerciales. Vous ne trouverez aucune matière première d'origine animale dans les produits Lamazuna : ni miel, ni lanoline, ni gelée royale, ni lait d'ânesse. Les cosmétiques solides sont fabriqués en France à la main et les matières premières utilisées sont naturelles et, autant que possible, issues de l'agriculture biologique, de manière à ne jamais nuire à l'environnement. Le label COSMOS Organic apposé sur une partie des produits ainsi que la mention Slow Cosmétique (mouvement créé par Julien Kaibeck, cosméticien aromathérapeute, qui prône une cosmétique sensée et respectueuse) attestent de l'éthique de la marque et de ses choix environnementaux. Enfin, pour limiter l'impact environnemental et favoriser le zéro déchet, Lamazuna a fait également le choix de vendre certains produits en vrac. Une solution jusqu'au-boutiste pour éviter les emballages lorsqu'ils ne sont pas nécessaires. Lorsque ceux-ci sont indispensables, elle utilise exclusivement des emballages en matériaux recyclables.

Un concept QUI VA ENCORE PLUS LOIN

Si la vente en ligne est un succès, Laëtitia souhaite aussi ouvrir un magasin. C'est pourquoi elle inaugure la première boutique Lamazuna à Paris en 2016. Entièrement conçue en bois de récupération, elle a été aménagée avec l'aide d'un collectif. À l'intérieur, ne vous attendez pas à des meubles neufs... Elle est équipée uniquement de mobilier de seconde main ou de récup' : échelle de ferme, soupières utilisées comme suspensions pour les plantes, cordons de rideaux travaillés en macramé, cagettes transformées en comptoir... tout a été pensé pour une déco upcycling ! Plutôt que destinée à suivre une tendance, cette décoration est un véritable engagement. Et cela va jusqu'à l'extérieur du magasin. Devant la vitrine se trouve une cabane à livres dans laquelle tout le monde peut déposer livres, DVD, CD ou se servir ! Même en dehors des heures d'ouverture, cette cabane est un lieu d'échange où les ouvrages sont en libre-service, à la portée de tous. Cet espace est bien plus qu'une boutique. On y propose des ateliers, des conférences, des échanges...

Lamazuna, c'est aussi un atelier-boutique itinérant, baptisé Ulysse. Ce camion aménagé, lui aussi, avec du bois de récupération est doté d'un espace détente et d'un espace salle de bains. Il sillonne les routes depuis 2017 pour faire découvrir le concept du zéro déchet, à travers des ateliers organisés conjointement avec des associations locales.

En 2018, Laëtitia Van de Walle a souhaité aller encore plus loin avec Lamazuna. En effet, pourquoi se limiter au secteur de la beauté quand on peut innover dans

d'autres domaines ? La marque s'est donc lancée dans la mode en proposant du prêt-à-porter éthique sur son site Internet. Elle y vend désormais des robes, des pantalons, des jeans, des parkas, des combinaisons, des pulls, des tee-shirts, des chaussettes, des maillots de bain conçus à base de bambou, de coton bio ou de fibres recyclées. La mode éthique de Lamazuna, ce sont aussi des accessoires comme des lunettes de soleil ou des bijoux. Leur confection est entièrement traçable, et chaque pièce affiche des labels reconnus.

Aujourd'hui, la marque Lamazuna est vendue dans le monde entier, dans plus de 2 500 boutiques. Elle s'est ouverte en 2012 à l'international, avec la Belgique et la Suisse. Elle est désormais présente partout dans le monde, mais concentre ses efforts de distribution sur l'Europe pour raison écologique.

Une entreprise ENGAGÉE POUR LA PLANÈTE

Lamazuna va encore plus loin dans l'« écolonomie » et ne se concentre pas exclusivement sur les produits écologiques ou sur le mode de vie vertueux de cette entreprise qui montre l'exemple. Son engagement pour l'environnement se traduit aussi par des actions très fortes qui s'étendent jusqu'à l'autre bout de la planète. Ainsi, depuis 2013, Lamazuna a initié un partenariat avec Pur Project, à qui elle reverse 2 % des ventes de son site www.lamazuna.com pour replanter des arbres partout dans le monde. Tout a commencé avec le projet Alto Huayabamba en Amazonie, et avec le financement de la plantation de 4 500 arbres. Les projets se sont succédé en région parisienne, à Lumigny, puis en Loire-Atlantique, dans le Languedoc... La plantation d'arbres est une manière de mesurer l'impact positif de la marque sur l'environnement. Depuis cette initiative, 4 636 arbres ont été replantés au Pérou, ce qui a permis d'économiser 1 322 tonnes de CO2 et de compenser les émissions de CO2. En France, 2 138 arbres ont aujourd'hui été replantés.

Lamazuna a également établi un partenariat avec Surfrider, association créée en 1990 pour préserver l'océan et ses usagers. Ainsi, pour chaque lot de mochi-mochi (petits mouchoirs lavables, en coton bio, ornés de jolis motifs représentant une plante menacée) acheté, 1 € est reversé à l'association Surfrider. Enfin, Lamazuna est aussi une entreprise solidaire. Chaque mois, elle soutient une association, choisie par un membre de l'équipe. Elle lui fait alors un don de 500 € pour l'aider à se développer.

Son BILAN ZÉRO DÉCHET

Parce qu'il est logique qu'elle montre l'exemple à ceux et celles qui lui font confiance, Lamazuna est aussi un modèle dans le zéro déchet. C'est l'une des raisons pour lesquelles la marque s'est tout naturellement lancée dans la cosmétique solide. Un marché innovant lorsque Lamazuna en a eu l'idée et qui, aujourd'hui, a plus que jamais le vent en poupe. Depuis sa création, la vente de cosmétiques solides Lamazuna a permis d'éviter près de 31 millions de déchets. Si cela vous paraît gigantesque, le calcul est pourtant assez simple : les ventes de shampooings, dentifrices, déodorants solides, beurre de cacao ou carrés démaquillants lavables équivalent à 24 403 320 disques de cotons à démaquiller, 138 329 flacons de démaquillants, 151 900 brosses à dents, 2 781 119 Cotons-tiges et 75 490 pots de crème. Et ce ne sont qu'une partie des chiffres... qui évoluent en permanence.

Pour les produits avec une durée de vie limitée, comme les brosses à dents et les lingettes démaquillantes (après environ 300 utilisations, ce qui laisse de la marge !), Lamazuna offre leur recyclage gratuit. Ainsi, la marque propose à ses clients d'imprimer des étiquettes pré-affranchies à coller sur une enveloppe et d'envoyer gratuitement leurs têtes de brosses à dents et leurs lingettes démaquillantes à Lamazuna, qui les recycle grâce à TerraCycle. Seule contrainte : envoyer au minimum 3 têtes de brosses à dents ou 7 lingettes démaquillantes à la fois. Une idée futée : c'est un geste simple pour le consommateur, mais qui fait toute la différence sur l'environnement. Et ensuite, que se passe-t-il avec tous les déchets envoyés à Lamazuna ? Le Nylon de la brosse à dents est recyclé en matériaux isolants, le plastique est broyé, lavé et transformé en granulés pour être réutilisé notamment dans la fabrication d'objets. Une prouesse environnementale et technologique, car les centrales de traitement françaises ne prennent pas en compte les déchets de moins de 3 cm. Grâce à la Boîte Zéro Déchet TerraCycle, Lamazuna s'assure que les têtes, les poils et les manches des brosses à dents sont parfaitement recyclés. Lamazuna, c'est une nouvelle façon de consommer, mais aussi de recycler !

Nettoyant
visage
solide
FAIT-MAIN • VEGANE
Peau normale
AU PARFUM EXOTIQUE

Partie

- 2 -

QU'EST-CE QUE LE PLASTIQUE EXACTEMENT ?

L'origine DU PLASTIQUE

Le nom de plastique est dérivé du latin *plasticus*, qui signifie mouler, former.

La matière plastique a connu ses prémices sous l'Antiquité. Elle était alors fabriquée à partir de corne, d'ambre, d'écaille de tortue... et donc très différente du matériau que l'on connaît aujourd'hui. Depuis, les choses ont bien changé. C'est au XIXe siècle que le plastique a connu une vraie révolution grâce à l'apparition des plastiques semi-synthétiques. Ce matériau synthétique ou semi-synthétique est conçu à partir d'un polymère issu du charbon, de la cellulose, du pétrole ou du gaz. La plupart du temps, il provient du pétrole. À partir de son raffinage, on obtient un liquide, le naphta, qui servira de base à la fabrication du plastique. Après de nombreuses étapes de transformation (craquage, polymérisation, ajout d'autres matières premières), celui-ci donne naissance au plastique, ou plutôt aux plastiques. Les plastiques sont obtenus à partir de deux familles de polymères : les thermoplastiques (qui ramollissent sous l'effet de la chaleur et durcissent lorsqu'ils refroidissent) et les plastiques thermodurcissables (qui conservent leur forme une fois moulés). Aujourd'hui, les plastiques sont utilisés dans une multitude de domaines : emballages, mode, véhicules, smartphones, matériaux de construction. Il existe différents types de plastique dont vous connaissez forcément les noms, qui font désormais partie du langage courant : PVC, celluloïd, Bakélite... Certains termes sont plus complexes : pour comprendre ce qui se cache derrière ces appellations, quelques explications s'imposent. Le polyéthylène basse densité (ou PEBD) est utilisé par exemple pour les sacs-poubelles ou les films d'emballage. Le polychlorure de vinyle (plus connu sous le nom de PVC) sert notamment pour fabriquer les cartes de crédit. Le polyéthylène téréphtalate (surnommé PET) est à la base de la fabrication des bouteilles de soda. Le polyéthylène haute densité (ou HDPE/ PEHD) sert à la fabrication des bouteilles de produits ménagers, plus résistantes. Le polypropylène (ou PP) est utilisé notamment pour la fabrication des pots de yaourt. Le polystyrène (ou PS) est employé pour la fabrication d'emballages à usage unique pour la viande ou les glaces par exemple. Autant de formules différentes qui ont le plastique pour origine commune.

Où le trouve-t-on DANS NOTRE QUOTIDIEN ?

Aujourd'hui, le plastique est omniprésent dans nos habitations, nos bureaux, nos véhicules, et même jusque dans nos loisirs en famille. Chaque année 5 millions de tonnes sont utilisés en France (source Les Échos) : 20 % pour les emballages ménagers, 24 % pour les loisirs, l'agriculture, 6 % pour les équipements électriques, 10 % pour l'automobile, 20 % pour le BTP et 20 % pour les emballages industriels et commerciaux. Pratique, le plastique facilite le conditionnement et le transport des marchandises, évite le gaspillage alimentaire et favorise la conservation des produits. Il est très utile dans la vie de tous les jours, et semble même être devenu indispensable dans notre quotidien. Mais du plastique partout, c'est bien là le problème. Or, son utilisation est en plein essor depuis le boom des produits jetables si bien qu'on le trouve dans le moindre recoin de notre maison.

Dans notre cuisine, le plastique sert de conditionnement aux boissons (eau minérale, soda, jus de fruits), aux produits ménagers (lessive, nettoyant ménager, produits pour lave-vaisselle, détachants, eau de Javel, produit pour les vitres, crème à récurer…), il est utilisé pour les emballages (sacs au supermarché, film alimentaire, sacs-poubelles, plats à emporter…). C'est aussi un incontournable de la salle de bains, et encore plus si vous êtes une *beauty addict*. Shampooings, après-shampooings, gels douche, crèmes pour le visage, masques, laits pour le corps, huiles végétales sont inévitablement dans des tubes et flacons en plastique, parfois dotés de suremballages eux-mêmes en plastique, ou de petites pièces destinées à bloquer les pompes des flacons avant la première utilisation. Sans oublier les têtes des bombes aérosol, les tubes de dentifrice, les Cotons-tiges, les rasoirs jetables… Le bureau ou l'espace de travail est aussi un lieu où le plastique règne en maître. Notre lieu de travail déborde de stylos, de feutres, de surligneurs, de cartouches d'encre, de rouleaux adhésifs, de classeurs, de pochettes transparentes, de trieurs, de trombones, de gobelets, de touillettes. Autant d'objets du quotidien en plastique qui polluent l'environnement du matin au soir. D'autant que certains sont à usage unique et, donc, jetés aussi vite qu'ils sont utilisés. Ce sont avant tout ceux-ci qu'il faut éliminer.

Depuis environ vingt ans, la consommation de plastique a doublé et pourrait être multipliée par quatre d'ici à trente ans. Il est donc impératif de réagir dès maintenant et avant qu'il ne soit trop tard en limitant son utilisation, ou mieux encore, en apprenant à le bannir totalement.

Partie

- 3 -

POURQUOI FAUT-IL APPRENDRE À S'EN PASSER ?

Les méfaits sur L'ENVIRONNEMENT

On sait que le boom du plastique est un véritable désastre pour l'environnement. Mais on ne sait pas forcément pourquoi. Cela commence dès l'étape de fabrication, souvent méconnue du grand public. Aucun doute, la production de plastique est déjà néfaste à l'écologie. En effet, il faut une très grosse quantité de pétrole pour le fabriquer. Ainsi, pour produire 1 kilo de PET (le plastique qui compose la plupart des bouteilles), il faut pas moins de 2 kilos de pétrole (source : lexpress.fr). Et c'est sans compter les émissions de CO2. La production de plastique en génèrerait 2 milliards de tonnes par an (source ecoconso.be). La dernière étape est un autre fléau pour l'écologie puisque lorsqu'il se dégrade dans l'environnement, le plastique émet des gaz à effet de serre : le polyéthylène, par exemple, émet du méthane et de l'éthylène en se dégradant. Entre ces deux étapes, le plastique a bien d'autres méfaits sur l'environnement. Il met notamment beaucoup de temps à se dégrader. Et comme la quantité de déchets plastiques a triplé en vingt ans (avec une augmentation plus importante ces dix dernières années que les quarante dernières années), ils s'accumulent dans la nature. Cela peut prendre plus de quatre siècles pour que certains produits se dégradent.

Le recyclage, quant à lui, pose aussi quelques problèmes environnementaux. Ainsi, même lorsqu'il est recyclé, le plastique subit toujours des pertes. De plus, le recyclage n'est pas effectué localement, si bien que le transport des matières engendre aussi de la pollution.

La propagation DANS LA NATURE

Toutes sortes de déchets plastiques, tels que bouteilles, emballages alimentaires, bouchons, Cotons-Tiges, bâtons de sucettes, mégots de cigarette, pailles, briquets, sont déversés dans la nature. C'est en 1998 que l'on a pu prendre conscience de l'ampleur des dégâts. En effet, cette année-là, Charles Moore, océanographe et skipper, découvre une étendue de débris juste sous la surface de l'eau, dans le Pacifique Nord, entre Hawaï et la Californie. Il la baptise « Dépouille de déchets du Pacifique ». Cette décharge flottante, surnommée aussi « vortex de plastique », et même rebaptisée « 7e continent », n'est pas visible depuis les images satellite. Elle aurait une superficie d'environ trois fois la France. Sa dimension n'a cessé d'augmenter depuis sa découverte. Et on s'est rendu compte depuis qu'il existe d'autres étendues de ce type sur la planète. À ce jour, on en a repéré dans l'Atlantique Nord et Sud, dans l'océan Indien et même en Méditerranée. Il n'est pas toujours évident de faire le lien entre le plastique qu'on utilise chez nous et celui qui envahit la mer. Comment ces déchets se retrouvent-ils dans l'océan ? 20 % d'entre eux seraient rejetés ou tombés de navires. Mais les 80 % restants proviendraient de la terre. Au départ, la plupart de ces détritus en plastique sont stockés sur des sites d'enfouissement des déchets, mais finissent souvent par se retrouver dans les océans. Sous l'effet des courants marins, des tourbillons se forment et attirent ces déchets. Une fois dans nos mers et océans, ils sont alors ingérés par la plupart des espèces marines comme les tortues de mer, les phoques, les baleines, mais aussi les poissons et les mollusques. Comment est-ce possible ? Avant de se retrouver dans les océans, les déchets sont, la plupart du temps, d'abord présents dans les fleuves. Soit par ce qu'ils y ont été jetés ou rejetés, soit parce qu'ils se sont envolés.

De nombreux fleuves transportent les déchets vers les océans. Mais ils sont seulement dix* à transporter plus de 90 % des déchets. Et parmi tous ces fleuves, huit se trouvent en Asie.
Le Mékong a vu transiter 33 431 tonnes de plastique, le Niger 35 196 tonnes, le fleuve Amour 38 267 tonnes, le Zhu

- Chaque année, 410 000 à 4 millions de tonnes de plastique des fleuves finiraient dans les océans (source : National Geographic).

* Liste établie par des chercheurs allemands dans la revue Environnemental Science & Technology en 2017.

Jiang 52 958 tonnes, le Gange, le Meghna et Brahmapoutre 72 845 tonnes, le Nil 84 792 tonnes, le Hai He 91 858 tonnes, le Huang He 124 249 tonnes, l'Indus 164 332 tonnes. La palme revient au Chang Jiang avec 1 469 481 tonnes. Une catastrophe dont une partie seulement est visible.

En réalité, le plastique est présent dans tous les fleuves, si ce n'est sous forme de gros déchets au moins sous forme de micro-particules. Et pas besoin d'aller au bout du monde pour le constater. En France et en Europe, l'expédition Tara a sillonné les fleuves à bord de sa goélette et a récolté des échantillons lors de la mission Microplastiques 2019. Rhin, Seine, Rhône, Loire, Garonne… tous nos fleuves sont pollués par des particules de plastique inférieures à 5 millimètres. Le phénomène s'est étendu partout. En Europe, la Tamise, le Tibre, l'Elbe, l'Ebre sont également concernés… Cela a un impact sur la faune aquatique puisque les animaux marins ingèrent les déchets plastiques présents dans l'eau. Sacs, bouteilles, microbilles et microfibres qui finissent dans les océans sont inévitablement avalés par les poissons, les crustacés, les mollusques, les mammifères… pour arriver souvent jusque dans notre estomac. À Tokyo par exemple, une étude menée par des chercheurs de l'université de l'Agriculture et de la Technologie (2016) a révélé que 80 % des anchois de la baie de Tokyo contenaient des microplastiques. D'autres recherches, menées par l'université de Gand en Belgique (2017), ont démontré que les amateurs de fruits de mer ingèrent 2 000 à 11 000 fragments de microplastiques par an. Dans les moules de la mer du Nord par exemple, on peut trouver jusqu'à 300 pièces de plastique. Un chiffre très inquiétant, et qui n'est pas fait pour nous rassurer sur notre état de santé. Et ce n'est pas tout. Même si vous n'êtes pas consommateur de poisson ou de crustacés, vous n'êtes pas à l'abri d'ingérer du plastique. En effet, les microplastiques seraient aussi présents dans le sel marin, donc dans notre sel de table, utilisé chaque jour pour agrémenter les plats. C'est ce que révèle une étude menée cette fois par les chercheurs de l'université de Putra Malaysia (2017). Ceux-ci ont analysé 17 marques de sel venues de 8 pays du monde entier et les résultats sont accablants. Un kilo de sel contiendrait de 1 à 10 microparticules. Sachant que la consommation moyenne d'un individu est de 10 grammes par jour, cela revient à 2 000 microparticules par an, juste en ingérant du sel.

Bref, la propagation du plastique a une incidence sur tous les maillons de la chaîne de la biodiversité marine, si bien que nous finissons par en ingérer nous aussi… ce qui nuit à notre santé.

Partie
- 4 -

LES MESURES DÉJÀ PRISES À GRANDE ÉCHELLE

Les initiatives DU GOUVERNEMENT FRANÇAIS

S'il est compliqué d'éradiquer le plastique, il existe des moyens de limiter sa consommation, et donc sa fabrication. Malheureusement, les initiatives personnelles ne sont pas suffisantes et il faut agir à l'échelle nationale, européenne, voire internationale. C'est pourquoi le gouvernement a pris des mesures d'envergure qui permettront à terme de minimiser l'impact sur l'environnement. Cela fait plusieurs années que l'État travaille à la réduction des déchets plastiques. Ainsi, en 2017, les sacs en plastique fins à usage unique ont été interdits dans les supermarchés et autres commerces, au profit des sacs en papier, des sacs réutilisables en plastique recyclable, ou des sacs en plastique biosourcé compostable. Déjà un bon point, car avant cette mesure, 5 milliards de sacs en plastique étaient distribués par les commerçants (souvent pour un usage unique) et 12 milliards étaient destinés à d'autres usages. Une bonne partie terminait dans la nature. Ce phénomène est favorisé par la légèreté de ces sacs, qui ont tendance à s'envoler et à s'éparpiller dans la nature.

Aujourd'hui, un milliard de sacs réutilisables sont mis en circulation par la grande distribution chaque année et réutilisés au moins vingt fois (source : novethic.fr). Les sacs en plastique épais quant à eux sont utilisés une dizaine de fois. Un premier pas qui a déjà permis des résultats et des économies de plastique drastiques, même si c'est loin d'être satisfaisant. Depuis 2020 la vente de vaisselle jetable en plastique est interdite en grande surface. Adieu gobelets, assiettes, place aux versions en carton, plus faciles à recycler. La vente de Cotons-Tiges en plastique a, elle aussi, été interdite. Ceux-ci ont été remplacés par des formules conçues à partir de bâtonnets en bois, en carton, en papier… ou par des produits réutilisables. Dans la foulée, les bouteilles d'eau plate en plastique ont été proscrites des services de restauration scolaire. En 2021, ce sont les pailles, les couverts en plastique, les touillettes, les tiges de ballons qui disparaîtront. Mais aussi les emballages en plastique

pour fruits et légumes, les boîtes en polystyrène expansé (celles qui sont utilisées pour emballer les burgers et les kebabs par exemple), les piques à steaks...

L'Assemblée nationale a également voté en 2019 la fin du plastique à usage unique d'ici à 2040. Bien sûr, cela paraît très loin, trop loin pour certains, mais cela va prendre du temps de trouver des alternatives pour les emballages, les bouteilles et les flacons en plastique. Le gouvernement a d'ailleurs signé un pacte national avec les plus grandes multinationales : Coca-Cola, L'Oréal, Danone, Franprix, Monoprix, Nestlé, Unilever, Carrefour et Casino. L'objectif est « que le plastique ne devienne jamais un déchet ». C'est déjà une avancée, mais cela n'est pas encore suffisant.

Les idées À PIQUER AILLEURS

Bien des initiatives, lancées par nos voisins ou dans des contrées un peu plus lointaines, pour limiter la consommation de plastique, mais aussi pour les recycler systématiquement, pourraient nous inspirer. En Turquie et en Chine, les bouteilles en plastique permettent de gagner des trajets gratuits dans les transports. Le principe est simple :

il suffit d'insérer sa bouteille dans un distributeur automatique prévu à cet effet installé dans les stations de métro afin de recharger sa carte de transport. À Istanbul, des machines permettent de troquer des bouteilles en plastique contre une portion de croquettes pour chien.

En Indonésie, le plastique est même une monnaie d'échange pour payer son trajet de bus. Vous donnez la bouteille au chauffeur, et vous voyagez gratuitement, tout simplement. En Afrique du Sud et en Australie, il est possible d'échanger sa bouteille en plastique contre un bon d'achat ou contre quelques centimes. Une initiative que l'on trouve aussi en France dans certaines enseignes de supermarchés, dans une version un peu différente. Quelques collecteurs ont été implantés dans des magasins Intermarché ou sur les parkings des hypermarchés Auchan ou Cora. Une bouteille recyclée, c'est 0,02 centime de bons d'achat gagnés. Plus étonnant encore, des constructions originales ont été réalisées à base de plastique. Aux Pays-Bas, une piste cyclable a été conçue à partir de 70 % de déchets plastiques. Au Mexique, on construit des maisons en plastique pour les familles les plus démunies. En Colombie, un architecte a mis au point des briques fabriquées à partir d'emballages plastiques. Ce matériau est alors utilisé pour construire des maisons pour les sans-abri. Au Panama, les bouteilles en plastique sont utilisées comme des isolants avant d'être recouvertes d'une couche de béton. Au Cameroun, certains pavés pour routes ou terrasses sont conçus à base de bouteilles en plastique fondues et mélangées à du sable. En Argentine, un homme a fabriqué une maison à partir de 1200 bouteilles en plastique, 1300 briques d'emballage et 140 boîtiers de CD. Même les meubles ont été conçus à partir de bouteilles.

D'autres initiatives méritent également d'être soulignées. Aux États-Unis, les compagnies aériennes ont décidé de bannir le plastique jetable. Résultat, rien que pour American Airlines, 32 000 kilos de plastique en moins. Au Chili, les sacs en plastique ont totalement disparu. En Thaïlande aussi, et d'ailleurs, cela a donné lieu à des situations drôles et originales : on a vu des Thaïlandais faire leurs courses avec des brouettes, des valises, des seaux, des filets de pêche pour transporter leurs provisions. Tandis que la Dominique, île des Caraïbes, a interdit la totalité des produits à usage unique en plastique depuis janvier 2019.

Partie
- 5 -

UN CHANGEMENT D'HABITUDES

ARRÊTER LE PLASTIQUE, C'EST COMME ARRÊTER DE FUMER OU SE METTRE AU RÉGIME. IL FAUT AVANT TOUT ÊTRE MOTIVÉ. ENSUITE, CELA DEMANDE UN PEU DE PRÉPARATION. EN EFFET, IL FAUT REVOIR SES HABITUDES, SES RITUELS ET MÊME SES MANIES.

Rassurez-vous, c'est tout à fait faisable, à partir du moment où vous avez envie de sauter le pas. Heureusement, il est possible de le faire progressivement, à votre rythme, et sans que cela ne devienne une contrainte et encore moins une obsession, ni pour vous, ni pour le reste de la famille. Si vous voulez être efficace, munissez-vous d'un carnet et d'un crayon (évitez le stylo en plastique, bien évidemment !), puis notez chaque produit ou accessoire en plastique que vous utilisez au quotidien. Procédez pièce par pièce et en plusieurs fois, car chaque jour, vous risquez de vous rendre compte que vous avez oublié des choses. Le plus simple est sans doute de commencer par la salle de bains. De la brosse à cheveux au shampooing, en passant par le coton à démaquiller, le dentifrice, la brosse à dents, le savon, les pinceaux, même les élastiques à cheveux... répertoriez bien tout. Ensuite, rayez tout ce qui ne contient pas de plastique ou n'est pas emballé dans du plastique. Normalement, cela devrait être vite fait. Vous constaterez ainsi par vous-même à quel point le plastique est omniprésent dans notre quotidien. Pour vous aider, installez une poubelle dans laquelle vous ne jetterez que le plastique. Pas de papier, pas de carton, juste le plastique. Observez chaque jour ce que vous jetez dedans, et attendez au moins une semaine avant de mettre les déchets dans la grande poubelle jaune. Vous pourrez ainsi visualiser tous les déchets en plastique qui finissent à la poubelle, ce qui vous aidera à mieux les mémoriser pour adopter de nouveaux réflexes. Vous risquez d'avoir quelques surprises en voyant des emballages ou des objets auxquels vous n'aviez absolument pas pensé. Si possible, poursuivez cette expérience au moins un mois : vous saurez ainsi quels sont vos déchets plastiques les plus importants, afin de rectifier le tir.

Ensuite, prenez les choses en main et, surtout, faites à votre rythme : rien ne doit vous sembler contraignant. Pour vous challenger, éliminez chaque semaine un produit plastique de la salle de bains. Faites un planning, afin de vous organiser et de ne pas oublier vos objectifs. Affichez-le sur la porte, cela facilitera les choses. Si vous êtes motivé et que vous avez envie d'agir plus rapidement, pas question de gaspiller pour autant et de jeter des choses que vous n'avez pas encore écoulées. Attendez que les flacons se vident un à un, que les pinceaux et brosses s'usent, que les objets se cassent. Si vous êtes un grand impatient, et que vous ne voulez pas attendre, offrez quelques produits à vos copains et à votre famille, ce qui vous permettra de démarrer au plus vite votre challenge. Zéro plastique ne veut pas dire maxi gâchis, bien au contraire. C'est l'occasion de faire preuve de générosité.

Partie

- 6 -

COMMENT ÉLIMINER LE PLASTIQUE DE LA SALLE DE BAINS ?

LA SALLE DE BAINS EST UNE SOURCE DE PLASTIQUE QUASI INÉPUISABLE, MÊME POUR CELLES ET CEUX QUI NE SONT PAS DES FANAS DE LA COSMÉTIQUE. LA PREUVE ? VOICI TOUTE UNE SÉRIE DE PRODUITS AUXQUELS VOUS N'AVEZ PAS FORCÉMENT PENSÉ, ET QUI EN SONT POURTANT CONSTITUÉS.

LES COTONS-TIGES

Au mieux, vous avez dans votre salle de bains une version 2020, c'est-à-dire en carton, bois ou papier. Malheureusement, ces produits sont la plupart du temps conditionnés dans des sachets ou des boîtes en plastique. Mais peut-être possédez-vous des Cotons-Tiges achetés avant 2020, dénichés sur Internet, à l'étranger, ou qui traînent depuis un moment dans votre armoire. Il est donc indispensable de revoir vos basiques. Si vous utilisez le Coton-Tige uniquement pour vous nettoyer les oreilles, vous trouverez facilement une alternative.

→ Au choix, un Oriculi en bambou ou en plastique, un cure-oreilles en métal, réutilisables à l'infini. Évitez les versions lavables en silicone puisqu'elles sont elles-mêmes non recyclables. Si vous utilisez le Coton-Tige pour faire des retouches maquillage, préférez-lui une lingette lavable pliée en quatre.

LE DÉMAQUILLANT

En lait, en huile ou en crème, il se présente, la plupart du temps, sous forme de flacon plastique.

→ Préférez le verre. Vous en trouverez si vous optez pour des baumes ou des crèmes démaquillantes, dans lesquels

L'Oriculi

- Ce cure-oreilles est inspiré des accessoires utilisés au Japon pour se nettoyer les oreilles. Sa forme incurvée permet d'éliminer les résidus de cérumen sans danger, comme si vous utilisiez votre ongle. Après usage, nettoyez-le à l'eau et au savon, puis laissez-le sécher.

il suffit de plonger les doigts. Si possible, utilisez une huile végétale, multi-usages, pour limiter les emballages, même lorsqu'ils sont en verre. Elle aide à éliminer les maquillages, même tenaces, et peut être utilisée sur les yeux.

Pour une recette maison, mélangez 25 ml d'huile végétale de jojoba et 25 ml d'eau florale de bleuet. Utilisez la préparation dans le mois.

LES DISQUES DE COTON À DÉMAQUILLER

Eux aussi sont systématiquement emballés dans du plastique, et sachant qu'une femme en utilise environ 2000 par an, à la fin de l'année, cela fait beaucoup de sachets qui s'envolent dans la nature. Et le problème des disques à démaquiller ne se limite pas au plastique, quand on sait que la fabrication de coton non biologique est une

Les lingettes démaquillantes

- Mouillez la lingette et passez-la sur le visage, les yeux et les lèvres, pour ôter tous les résidus de maquillage. Si vous utilisez un maquillage tenace ou waterproof, ajoutez une goutte de démaquillant en fin de démaquillage. Inutile de frotter. Après utilisation, glissez les lingettes dans le filet prévu à cet effet et lavez-les à la main, ou en machine. Vous pourrez les laver plus de 300 fois. Pour leur redonner de la souplesse, faites-les bouillir 15 minutes dans l'eau.

industrie très polluante, qui nécessite 5 260 litres d'eau pour produire 1 kilo de coton (source : CNRS). C'est pourtant un produit très facile à remplacer.

→ En effet, la plupart des démaquillants tels que les laits, les huiles ou les baumes, peuvent se masser du bout des doigts. Ce qui permet d'économiser le coton ou toute autre alternative. Si vous êtes adepte de l'eau micellaire ou du tonique, vous pouvez utiliser des disques démaquillants lavables. En fibres de coton ou de bambou, ils nettoient la peau en douceur et se lavent tout simplement dans la machine à laver avec votre linge, ce qui évite une consommation excessive d'énergie.

LE GEL DOUCHE

Chaque année, une personne utilise environ 11 gels douche. Soit 11 flacons en plastique qui finissent à la poubelle. Le savon est pourtant une alternative toute bête. Ce produit a longtemps été délaissé au profit des gels douche aux formats pratiques et aux textures fluides. Bonne nouvelle, le savon revient en force, sous une multitude de formes : savon de

Marseille, savon d'Alep, pain surgras, pain dermatologique sans savon…

→ Il existe une ribambelle de formules pour nettoyer le visage et le corps, chacune à choisir en fonction des besoins de votre peau (sèche, grasse, à imperfections…). Évitez bien sûr les savons enveloppés dans du plastique. Choisissez exclusivement ceux qui sont emballés dans du papier kraft, du carton, ou les savons sans emballage. Faciles à transporter, à emporter en voyage, ils sont parfaitement hygiéniques et peuvent être utilisés par toute la famille.

LE SHAMPOOING

Là encore, la consommation de shampooings est colossale. On en utilise environ 10 flacons par an et par personne. Pour ce produit aussi, il existe des solutions alternatives, mais auxquelles nous sommes moins habitués. Si les shampooings secs permettent d'espacer les lavages, ils ne nettoient pas le cuir chevelu. Ils sont donc à utiliser de manière occasionnelle, en dépannage en week-end ou si vous êtes dans un lieu où vous n'avez pas accès à l'eau.

→ Pour nettoyer le cheveu sans abuser du plastique, préférez le shampooing solide, à utiliser comme un savon. Si vous n'êtes pas à l'aise avec cette gestuelle, il existe des magasins de vente en vrac, qui permettent de remplir facilement votre bouteille (en verre, évidemment !), pour éviter l'accumulation d'emballages.

Le beurre de cacao

- Issue de la pression des fèves de cacao, cette matière grasse végétale entre dans la composition du chocolat, mais aussi de certains produits cosmétiques. Le beurre de cacao peut être utilisé pur pour nourrir la peau du corps ou du visage. Il peut aussi être employé comme produit de massage. Chez Lamazuna, il est agrémenté d'huile de baobab, d'un parfum de fleur de frangipanier et se présente sous forme solide, pour plus de praticité.

L'APRÈS-SHAMPOOING

Vous trouverez facilement des après-shampooings solides, à utiliser comme les shampooings solides. Ils ont l'allure de savon, mais ont le même effet démêlant qu'un après-shampooing traditionnel.

→ À base de beurres végétaux, d'huiles, de cires, ils laissent le cheveu souple et soyeux.

LE MASQUE CHEVEUX

Pour nourrir la fibre capillaire en profondeur, vous pouvez utiliser un beurre végétal : beurre de karité, beurre de mangue, beure de cupuaçu… Des formules à masser mèche à mèche, pour bien imprégner la fibre capillaire.

→ Autre option : des masques nichés dans des pots en verre. Enfin, le bain d'huile peut être une alternative. Enduisez votre chevelure d'huile végétale et laissez poser toute la nuit sous une serviette (chaude de préférence). Le lendemain, rincez abondamment et procédez au shampooing pour une chevelure douce et souple.

LE DENTIFRICE

Conditionné dans un tube en plastique, ce produit pose d'autant plus problème que son tube n'est pas recyclable, puisqu'il combine plastique et aluminium. Même si TerraCycle s'est engagé

à pouvoir prochainement les recycler, cela reste essentiellement du plastique.

→ Optez pour le dentifrice solide, vendu dans une boîte en métal ou en verre. Vous pouvez également vous laver les dents avec de l'argile blanche ou verte si vous êtes adepte des alternatives maison. Enfin, certaines marques proposent des pastilles de dentifrice. Comment ça marche ? Il suffit de les mâcher, puis d'humidifier la brosse à dents avant de se brosser les dents.

LE FIL DENTAIRE

Pratique pour nettoyer les espaces interdentaires, ce produit à usage unique peut être troqué contre un appareil plus durable, qui propulse un puissant jet d'eau et nettoie les espaces interdentaires sans douleur ni risque d'irritation ou d'inflammation.

→ Autre option, le cure-dents, à utiliser avec précaution pour ne pas blesser les gencives.

LA BROSSE À DENTS

Difficile de trouver une alternative à ce produit en plastique et dont les poils sont en Nylon. Pourtant il existe des solutions, comme les brosses à dents en bois et fibres de Nylon biosourcé ou les brosses à dents dotées d'un manche végétal et d'une tête rechargeable.

→ C'est ce que propose par exemple Lamazuna avec sa brosse à dents au manche à 70 % végétal et à la tête interchangeable.

LA CRÈME DE JOUR OU DE NUIT

Remplacez l'ensemble de vos tubes et pots en plastique par des versions en verre. C'est sans doute ce qu'il y a de plus facile à troquer, sans pour autant sacrifier votre rituel beauté.

→ Pots pour les crèmes, flacons-pompes pour les fluides ou sérums, il y a toujours une alternative.

LE LAIT POUR LE CORPS

Souvent conditionnés dans des tubes en plastique ou des flacons-pompe, ces produits peuvent eux aussi se troquer contre des pots en verre si vous les remplacez par des crèmes ou des baumes.

→ Vous pouvez aussi utiliser des produits de remplacement comme une huile végétale, du beurre de karité ou un beurre de mangue, tout aussi efficaces pour redonner de la douceur à la peau.

LA BROSSE À CHEVEUX

Si vous possédez une brosse dotée de dents en plastique, pensez à la changer lorsqu'elle sera usée ou cassée. D'autant que ses picots cassés, endommagés ou de mauvaise qualité peuvent abîmer la fibre capillaire.

→ Préférez-lui une version en bois, avec des poils naturels ou des picots en bois, bien plus durable et bien plus douce pour les cheveux. Véganes, les fibres de sisal (issues de l'agave) sont une excellente alternative aux poils d'animaux ou fibres de soie. Les matériaux naturels préviennent l'électricité statique et évitent que la fibre ne casse au moment du démêlage.

LE PEIGNE

Comme pour la brosse à cheveux, préférez des matériaux naturels, tels que le bois, inusable, qui laisse le cheveu souple et brillant. Pour renforcer le cheveu et lui apporter de la brillance, vous pouvez utiliser juste avant le coiffage, un soin sans rinçage à base de kératine végétale. Il gaine et discipline la fibre capillaire sans l'alourdir.

LE DÉODORANT

Le conditionnement de ce produit d'hygiène est la plupart du temps en plastique ou en plastique et en aluminium, même si vous optez pour des produits naturels ou bio. Pour en finir avec le plastique, préférez un déodorant solide, présenté dans un pot en verre ou en métal, un déodorant conditionné dans un flacon en verre ou, encore, du bicarbonate de soude, aux vertus antibactériennes.

Autre option : vous pouvez le fabriquer vous-même. Pour cela, mélangez 100 g d'huile de coco, 60 g de bicarbonate de soude et 40 g de fécule. Ajoutez 10 gouttes d'huile essentielle de lavande et 10 gouttes d'huile essentielle de palmarosa. Versez la préparation dans un pot et rangez-la au réfrigérateur.

LA CRÈME DÉPILATOIRE

Ce produit qui aide à éliminer les poils par un procédé chimique se présente sous forme de tube en plastique. Mieux vaut éviter ce type de formule, qui contient obligatoirement des ingrédients chimiques, même s'il existe aujourd'hui des formules haute naturalité.

→ Troquez-le contre une cire orientale, à fabriquer vous-même à partir de sucre, d'eau, de citron et de miel.

Lime
à ongles
EN PIERRE
NATURELLE
DES PYRÉNÉES
Façonnée
à la main
en France
En achetant cette lime, vous soutenez la dernière fabrique française de pierres à aiguiser naturelles.

LA MOUSSE À RASER

Pour le rasage du visage de Monsieur comme pour celui des jambes de Madame, troquez-la contre un savon à barbe, qui ramollit le poil et assure un rasage de près, toujours sans plastique !

→ Vous pouvez également utiliser du savon de Marseille, très efficace pour remplacer la mousse à raser. Autre option futée : la crème corps très riche (type multi-usages), qui assouplit le poil et facilite le passage de la lame. Enfin, il existe des pains de rasage, que l'on peut trouver notamment chez Lamazuna.

LE GOMMAGE

Si vous l'achetez hors de l'Union européenne, il peut contenir des billes exfoliantes en microplastique. À cela s'ajoute un tube ou un pot en plastique...

e Remplacez-le par un gommage écologique, à base d'ingrédients naturels, conditionné dans un pot en verre. Vous pouvez aussi utiliser un pain de savon exfoliant, ou encore une éponge konjac, en fibre naturelle, qui gomme la peau sans l'agresser. Autre option : un gommage « home made », à base de sel, de marc de café, de sucre et de miel, pour une exfoliation totalement naturelle et zéro déchet.

LA LIME À ONGLES

Contrairement aux idées reçues, la plupart des modèles contiennent une multitude de matériaux (émeri, mousse, carton...), dont le plastique !

→ Oubliez les produits à usage unique (ou presque) et préférez les limes en verre ou en pierre, absolument inusables, bien plus hygiéniques et beaucoup plus douces pour les ongles ! Vous pourrez les garder des années. Évitez les limes en métal, qui ont tendance à casser les ongles.

LE ROUGE À LÈVRES

C'est le produit incontournable en matière de maquillage. En France, un produit de maquillage vendu sur cinq est un rouge à lèvres. Cela finit par faire beaucoup déchets plastiques dans la poubelle.

→ À la place, optez pour des tubes en carton, ou rechargeables (il en existe de plus en plus), qui évitent le gaspillage et la pollution. Idem pour les baumes à lèvres, que vous pouvez choisir dans des pots en verre ou des tubes en aluminium.

LE MASCARA

Avec son tube en plastique et sa brosse en plastique elle aussi, le mascara génère des déchets. D'autant qu'on en utilise environ 6 par an. La meilleure alternative en termes de mascara écologique ?

→ Oubliez le mascara dit « automatique », préférez un mascara en pot, à la texture solide, qui s'applique à l'aide d'une brosse goupillon. Sa texture solide, lui évite de sécher. Quant à son pot en verre, il peut facilement être recyclé. Ce type de produit est plutôt rare, mais vous pourrez en trouver sur quelques sites internet. Si vous ne pouvez pas vous passer de mascara automatique, privilégiez les tubes en métal.

C'est un produit difficile à formuler, car il est en contact avec les yeux et doit être parfaitement « safe ». L'alternative ? Une recette à base de gel d'aloe vera et d'huile de ricin noir. Mélangez trois quarts d'aloe vera pour un quart d'huile de ricin. Appliquez la préparation avec un goupillon propre.

La cire de tournesol

- On connaît l'huile de tournesol, issue de la pression des graines de tournesol. Un raffinage à froid permet de transformer l'huile en cire, et de l'incorporer dans des formules solides comme les déodorants. Elle permet à la fois d'assouplir et d'adoucir la peau, tout en donnant aux déodorants leur texture solide.

LE FARD À PAUPIÈRES

Il est très facile de remplacer les conditionnements en plastique par des alternatives en pot de verre ou en boîtier métal. Vous pouvez aussi opter pour des palettes rechargeables dans lesquelles vous pouvez facilement intégrer vos fards à paupières poudre préférés. Cela vous évitera aussi d'acheter des palettes dont vous n'utilisez que la moitié des couleurs.

→ Pensez aussi à détourner quelques-uns de vos produits chouchous comme un baume à lèvres, un blush, un crayon pour la bouche ou utilisez des produits de maquillage multi-usages.

L'EYE-LINER

C'est un jeu d'enfant que de le remplacer. Les crayons restent la solution la plus écologique, à condition de les choisir en bois.

→ Préférez des formules à la mine onctueuse, plus agréables à utiliser au ras des cils. Si vous ne pouvez pas vous passer de liner, oubliez les versions automatiques, préférez des flaconnettes en verre abritant des liners fluides ou des pots, qui contiennent des formules compactes.

LE VERNIS À ONGLES

Quelques marques proposent des flacons en verre dotés de capuchons en bois.

→ Préférez ces versions, qui vous évitent les bouchons en plastique, présents sur la plupart des flacons. Néanmoins, il reste difficile d'éviter totalement le plastique à cause du pinceau.

LA CRÈME POUR LES MAINS

Bien sûr, le plus simple est d'opter pour des tubes en aluminium, qui se roulent facilement et permettent d'utiliser la crème jusqu'à la dernière goutte.

→ Mais savez-vous qu'il existe des baumes solides, à faire fondre dans les mains pour les hydrater en douceur ? Même chose pour les crèmes pour les pieds, qui peuvent facilement être remplacées par des baumes onctueux, du beurre de karité ou tout autre produit très nourrissant présenté en pot et à masser longuement pour une pénétration optimale.

Partie

- 7 -

BIEN RECYCLER SES PRODUITS

LORSQUE VOUS TERMINEZ VOS DERNIERS FLACONS, OU S'IL VOUS RESTE UN PEU DE PLASTIQUE DANS VOTRE SALLE DE BAINS, FAITES EN SORTE DE JETER VOS EMBALLAGES AU BON ENDROIT, AFIN QU'ILS SOIENT BIEN RECYCLÉS.

Pour vous aider, il existe quelques outils. L'application smartphone Guide du tri, mise au point par Citeo, vous donne les consignes de tri pour vous aider à recycler tous les produits de la maison. Elle prend en compte votre commune d'habitation et vous indique où jeter chacun de vos emballages. Gel douche, shampooing, tube de dentifrice, pot de crème ou flacon de lait corporel : le tri n'aura plus aucun secret pour vous grâce à cet outil précieux, qui vous aidera à adopter très vite les bons réflexes.

→ **Les bons réflexes** : rappelons qu'il est inutile de laver vos flacons avant de les jeter. Cela vous ferait consommer beaucoup d'eau pour rien... une démarche peu écologique qui va à l'encontre de vos gestes en faveur de l'environnement. Il suffit de bien vider chaque emballage en plastique avant de le jeter. La consigne est valable pour tous les types de produits, même alimentaires.

→ **Si vous jetez des produits périmés,** qui ont tourné, que vous n'avez pas utilisé depuis longtemps, pensez à vider le contenant dans la poubelle ou le lavabo selon la formule, avant de mettre l'emballage dans la poubelle de tri.

→ **Si vous jetez un déodorant,** sachez que ceux à bille se recyclent tandis que les sticks se jettent avec les ordures ménagères. Glissez vos ampoules monodose en plastique dans la poubelle de tri, mais pas forcément les tubes en plastique, qui ne se recyclent pas dans certaines communes. Enfin, pour les flacons en verre, n'oubliez pas qu'ils se recyclent aussi. Fond de teint, parfum, vernis à ongles, pot de crème ou flacon de sérum peuvent être jetés dans les containers destinés au verre.

Rappelons que seuls 49 % des Français trieraient leurs emballages dans la salle de bains (source étude L'Oréal/Harris). Il y a donc encore un gros effort à faire.

→ **Pour le maquillage,** il n'existe pas encore de filière de recyclage, c'est pourquoi certaines enseignes de cosmétiques vous proposent de les glisser dans des boîtes en boutique, et s'engagent à les recycler. La marque The Body Shop était l'une des pionnières dans le recyclage puisqu'elle a lancé son programme en 1993. Vous pouvez ainsi rapporter vos produits vides en boutique et un vendeur vous guidera dans le recyclage. D'autres ont suivi le pas… De nombreuses enseignes offrent désormais un bon de réduction sur vos achats en échange de ces emballages. Renseignez-vous en magasin avant d'acheter. D'autres facilitent le recyclage en vous proposant de renvoyer votre emballage par La Poste. C'est le cas du Rouge Français, avec ses tubes de rouge à lèvres. Une fois le vôtre terminé, expédiez-le et la marque se chargera de le renvoyer dans un centre de recyclage adapté.

Observez les logos

Suivez les consignes de tri en apprenant à décrypter les logos sur les emballages. Cela vous aidera aussi à recycler efficacement.

- **Le logo point vert** :

Un cercle dans lequel on peut observer une flèche blanche et une flèche verte. Contrairement aux idées reçues, ce n'est pas une consigne de recyclage, cela indique simplement que l'entreprise qui distribue le produit participe au financement du recyclage des emballages qu'elle met sur le marché. Elle reverse une contribution à Eco-emballages, Adelphe ou Cyclamed.

- **La boucle de Möbius** :

Un triangle conçu avec trois flèches vertes. Il indique que le produit est recyclable, et donc qu'il peut être recyclé ou incinéré dans des usines de production de déchets.

- **La boucle de Möbius noire** :

Un triangle noir, conçu avec trois flèches noires et avec un chiffre inscrit au centre. Il indique que le produit est recyclable et composé de matières recyclées. Le chiffre à l'intérieur, un pourcentage, représente le taux de matières recyclées.

- **Le logo Triman** :

Un personnage avec trois flèches noires. Il indique que l'emballage est valorisable et est associé à une consigne de tri.

- **Les logos PET, PEHD, PP...** :

Le triangle noir, qui identifie le matériau. Le chiffre inscrit au centre (de 1 à 7) représente les différentes familles de matériaux : 1 pour le PETE, 2 pour le HDPE, 3 pour le PVC, 4 pour le LDPE, 5 pour le PP, 6 pour le PS, 7 pour les autres.

- **La poubelle barrée** :

Elle indique que le produit ne doit être jeté ni avec les ordures ménagères ni avec les déchets recyclables, mais dans une structure appropriée, même lorsque l'emballage est en plastique. C'est souvent le cas lorsque le flacon contenait des produits toxiques.

Partie

- 8 -

LES ATOUTS DES PRODUITS SOLIDES

L'UNE DES SOLUTIONS POUR LUTTER CONTRE LES DÉCHETS PLASTIQUES EST DE SE METTRE À LA COSMÉTIQUE SOLIDE.

Ces produits ont le vent en poupe et même les grandes marques se lancent dans l'aventure. En plus de leurs vertus environnementales, ces formules présentent un atout majeur : elles ne contiennent pas d'eau et peuvent donc se conserver très longtemps sans risque de contamination bactérienne. Elles peuvent sans risque être partagées par toute la famille. Autre atout de ces formules, elles prennent peu de place et ont un excellent rapport qualité-prix. Elles peuvent aussi s'emporter en voyage, et vous évitent de limiter vos produits cosmétiques.

Il existe une multitude de produits pour se lancer dans l'aventure de la cosmétique solide. Petit tour des différentes possibilités.

LE SAVON

C'est le produit de base, dont s'inspirent tous les cosmétiques solides. Il en existe plusieurs types, issus de deux techniques de fabrication : le savon saponifié à froid et le savon saponifié à chaud. Le premier consiste à fabriquer le savon sans chauffer les ingrédients. Il résulte de la réaction chimique des matières grasses (huile, glycérine) et de la soude. Le second consiste à chauffer les matières premières. Vous trouverez une multitude de formules.

e Choisissez votre savon selon vos besoins (peau sèche, normale, etc.) et selon vos envies (parfum, couleur, etc.). Il s'utilise sur le visage, le corps et pour la toilette intime. Un produit très complet, et super efficace, à condition de trouver la

L'huile essentielle de lavandin

- Proche de la lavande, le lavandin est bien plus cultivé que la lavande. À partir de cette plante, on extrait une huile essentielle qui possède des vertus antiseptiques, purifiantes et réparatrices. C'est pourquoi on la retrouve notamment dans des nettoyants solides pour le visage.

formule la plus adaptée à sa peau. Chez Lamazuna, les nettoyants pour le visage ont été conçus à base d'huile de coco, de tensioactifs issus de l'huile de coco mais aussi d'ingrédients qui s'adaptent aux besoins de chaque peau : de la farine d'avoine pour les peaux sensibles, du charbon pour les peaux grasses, du kaolin pour les peaux normales...

LE PAIN DE RASAGE

Cette formule solide s'inspire du savon à barbe d'autrefois. Il peut être utilisé aussi bien sur le visage des hommes que sur le corps des femmes. Chez Lamazuna, le pain de rasage est une alliance de tensioactifs issus de l'huile de coco, de beurre de karité et de différentes argiles. Il est naturellement parfumé au thé vert et citron, pour un plaisir d'utilisation encore plus agréable.

Le beurre de karité

- **Il est obtenu à partir des fruits du karité, un arbre qui pousse principalement en Afrique. Les amandes sont broyées, afin d'en extraire une pâte** : le beurre de karité. S'il est consommé dans la cuisine africaine, il est aussi connu pour ses vertus nourrissantes, assouplissantes, réparatrices pour la peau et les cheveux. Il entre dans la composition de produits comme les baumes pour les lèvres ou les pains de rasage par exemple.

→ Il développe une mousse abondante, qui facilite le passage de la lame. Enrichi en agents hydratants et nourrissants comme le beurre de karité ou l'aloe vera, il redonne de la douceur à la peau. Pour l'utiliser, passez le pain sur la peau humide jusqu'à ce que la mousse se développe. Procédez ensuite au rasage avant de rincer. Vous pouvez également vous servir d'un blaireau, pour obtenir une texture plus crémeuse. Après utilisation, laissez sécher sur un porte-savon.

LE SHAMPOOING

C'est le produit qui a le vent en poupe. Même les grandes marques de cosmétique se lancent. Pas étonnant, car un

Shampooing
solide
Cheveux gras

POT DE RANGEMENT
Lamazuna

shampooing solide équivaut au même nombre de lavages que deux bouteilles de shampooing.

→ Il peut se transporter facilement. Glissé dans votre sac de sport, il vous sera utile à la salle de gym ou à la piscine. Vous pouvez même l'emporter en week-end, sans risque qu'il ne se renverse dans votre sac de voyage. Si chaque formule a sa propre composition, elles sont pour la plupart à base d'huiles végétales, de glycérine et sans sulfates, pour rester douces avec la fibre capillaire. Pour l'utiliser, mouillez abondamment la chevelure et frottez le shampooing solide sur le cuir chevelu jusqu'à ce que la mousse se développe. Massez la tête, puis rincez bien, jusqu'à ce que les cheveux crissent sous les doigts. Laissez-le sécher après usage, de préférence dans un filet. Comme pour les shampooings traditionnels, choisissez la formule en fonction de votre nature de cheveux : secs, normaux, gras... Vous trouverez également différents parfums. Ainsi, chez Lamazuna, ils se déclinent au chocolat, à la vanille, au pin, à l'orange ou aux herbes folles.

LE DÉODORANT

C'est finalement une version sans plastique du déodorant en stick. Et, bien sûr, plus clean. Vendues en pot ou sans emballage, ces formules sont élaborées à base d'huiles essentielles, de bicarbonate de soude, d'oxyde de zinc ou d'argile, pour absorber l'humidité et neutraliser les odeurs.

L'huile essentielle de palmarosa

- Le palmarosa, ou géranium des Indes, pousse naturellement en Inde, au Vietnam ou à Madagascar. À partir de ses feuilles, on extrait une huile essentielle, qui a le pouvoir de combattre naturellement les bactéries. D'où sa présence dans des produits comme les déodorants.

→ Pour vous en servir, humidifiez-le légèrement avant de le passer sous les aisselles. Autre option, appliquez-le après la douche, sur les aisselles encore humides. Laissez-le sécher à l'air libre ou rangez-le dans un petit pot en verre, type pot à confiture. Chez Lamazuna, le déodorant solide est formulé à base de bicarbonate de soude, d'huile de coco, de cire de tournesol et d'huiles essentielles. Sa formule équivaut à deux déodorants en stick.

LE DENTIFRICE

Il existe aussi une alternative au dentifrice en tube ! Des formules à base d'argile, d'huiles essentielles, de tensioactifs, de charbon, de xylitol.

L'huile de coco

- Elle est obtenue à partir de la pulpe de coco, qui est lavée, râpée, puis pressée sous forme de pâte. On en extrait alors cette précieuse huile, en parfaite affinité avec la peau et les cheveux. L'huile de coco, riche en acide laurique, possède des propriétés hydratantes et purifiantes. Chez Lamazuna, on la retrouve dans de nombreux produits de cosmétique solide comme les après-shampooings, les dentifrices ou les déodorants.

→ Chez Lamazuna, le dentifrice solide est conçu à base d'huile de coco, de carbonate de calcium, de stéarine végétale et d'un tensioactif végétal. De quoi permettre de purifier l'haleine, d'éliminer les bactéries, les résidus alimentaires et d'afficher un sourire impeccable. Le dentifrice solide s'utilise très facilement : frottez la brosse à dents mouillée sur le savon solide et brossez-vous les dents comme à l'accoutumée. Une nouvelle gestuelle à adopter, mais qui deviendra vite une habitude incontournable et vous incitera même à avoir toujours votre dentifrice dans votre sac à main, sans craindre que le tube ne s'ouvre ou ne se perce.

LE PARFUM SOLIDE

Le parfum aussi se décline dans une version solide. Même si les flacons sont la plupart du temps en verre, ils sont emballés dans des cartons, eux-mêmes recouverts d'un film plastique.

→ Vive le parfum solide ! En stick, en crayon ou sous forme de concrète, ces formules à base de beurres et d'huiles assurent une meilleure tenue à la fragrance. Sans alcool, les parfums solides restent doux pour la peau. Frottez-en sur les points de pulsation du corps ou sur les zones où vous voulez être embrassé : les poignets, le décolleté, la nuque, l'arrière des genoux...

HYDRO
PHIL
Dentifrice
solide

Partie

- 9 -

LES POTS EN VERRE ET LES FLACONS : UNE BONNE ALTERNATIVE

LE VERRE PRÉSENTE UN ATOUT MAJEUR PUISQU'IL EST RECYCLABLE À L'INFINI, CE QUI EN FAIT UN PRÉCIEUX ALLIÉ DE L'ÉCOLOGIE.

Bouteilles, pots, bocaux et flacons sont donc à glisser systématiquement dans les conteneurs en verre, sans leur couvercle, souvent en métal, à trier séparément. Pour les bouchons en liège, ce matériau spécifique nécessite une filière de recyclage spécialisée. Il existe des points de collecte dans toute la France (à retrouver sur planeteliege.com).

Tous les conditionnements cosmétiques en verre, une fois vides, sont à mettre au recyclage avec le verre. Au centre de traitement du verre, ils sont triés une première fois, pour que les métaux soient éliminés, puis une seconde, par tri optique, afin d'extraire les matériaux infusibles. Le verre est ensuite soufflé, pour que les bouchons et le papier soient éliminés. Puis le verre est broyé. Ajoutés à d'autres éléments comme le sable ou le carbonate de soude, les débris sont transformés en calcin. Ils sont ensuite chauffés à 1400 °C, métamorphosés en pâte de verre. Celle-ci est alors moulée pour recréer d'autres emballages en verre : bouteilles, pots, etc. Le verre est aussi recyclé pour la fabrication d'autres types de produits : briques, revêtements pour les routes, fibres de verre, sable, abrasifs, perles de céramique... En France, la collecte du verre se fait sans distinction de couleur, si bien qu'elle ne peut fabriquer que du verre de couleur et pas de verre transparent.

Aujourd'hui, les Français consommeraient 50 kg d'emballages en verre chaque année, soit 12 % de leurs déchets ménagers. Mais vous pouvez utiliser encore plus de conditionnements en verre pour une démarche plus écologique. Troquez donc vos tubes de crème contre des formules en pot, vos tubes de déodorant en plastique contre des flacons ou des pots en verre.

Les vertus DE L'ALUMINIUM

Autre option, l'aluminium, recyclable lui aussi à l'infini, et que l'on retrouve dans des tubes de crème, des déodorants, des petits pots de baume. Désormais, même les emballages les plus petits et les plus légers peuvent être recyclés. Après le tri, les emballages sont broyés, puis passés dans un four pour éliminer étiquettes, vernis, etc. L'ensemble est alors fondu dans un four à 1600 °C, puis transformé en plaques ou en lingots. Ceux-ci sont ensuite traités par des sociétés spécialisées pour être transformées en boîtes de conserve, en canettes, en papier d'aluminium, en barquettes alimentaires, en bombes aérosol, en pièces de vélo, en fenêtres, en trottinettes...

Le remplissable et LE RETOUR DE LA CONSIGNE

Pour consommer durable, vous pouvez également privilégier les flacons remplissables. En parfumerie, c'est Thierry Mugler qui a lancé le mouvement dès 1992 avec son parfum Angel en proposant des fontaines à parfum dans les points de vente. Cette initiative permet de conserver le précieux flacon, très coûteux à produire, pour le remplir à l'infini. La marque a décliné le concept avec ses autres fragrances Alien et Aura. D'autres lui ont emboîté le pas. Ainsi, dans les boutiques parfum et beauté Chanel, vous pouvez faire remplir jusqu'à quatre fois votre flacon de N° 5 L'Eau, N° 5, Coco Mademoiselle, Chance Eau Tendre ou Bleu de Chanel.

Côté soin, la plateforme Loop, créée à l'initiative de TerraCycle, en partenariat avec plusieurs marques de cosmétiques, propose un système de consignes. Shampooings, gels douche, dentifrices, laits pour le corps vous sont livrés dans des flacons en verre ou en aluminium. Dès que vous les avez terminés, ils sont collectés, puis remplis à nouveau de vos produits préférés. Pour l'instant, Loop est disponible uniquement à Paris et en région parisienne. La plateforme vous permet aussi de commander vos courses alimentaires, produits d'entretien, fournitures et alimentation pour animaux.

Certaines enseignes zéro déchet proposent également des cosmétiques en vrac. En boutique, vous pouvez remplir vos flacons de gel douche ou de shampooing plutôt que de racheter un produit avec son emballage. Une solution écologique, mais qui doit respecter des règles d'hygiène très rigoureuses, afin d'éviter toute contamination bactérienne. Le remplissage ne doit pas être fait à la légère, ou dans des conditions approximatives. Il ne s'adapte donc pas à tout type de produit.

Partie
- 10 -

ADOPTER DES PRODUITS MALINS ET MULTI-USAGES

BIEN ÉVIDEMMENT, POUR LIMITER LES EMBALLAGES, IL FAUT AVANT TOUT LIMITER LA CONSOMMATION.

C'est la règle de base. N'accumulez surtout pas les produits de cosmétique. Mais opter pour le minimalisme ne signifie pas pour autant zapper son rituel beauté. La bonne idée ? Choisissez des produits qui peuvent être utilisés de mille et une façons.

Les huiles végétales sont d'excellentes alliées, et nombreuses sont celles qui sont conditionnées dans des flacons en verre. Aucune raison, donc, de vous en priver. Ce produit peut être utilisé sur le visage et le corps, pour hydrater la peau. Il peut servir d'élixir pour réaliser un massage. Il peut redonner de la douceur aux longueurs et pointes sèches. Il est idéal pour hydrater les cuirs chevelus secs. Il se masse sur les cuticules pour les hydrater. Il peut facilement remplacer votre démaquillant et éliminer les résidus de maquillage sur le visage et sur les yeux. Enfin, vous pouvez utiliser certaines huiles végétales sur les lèvres si elles sont sèches : au choix, de l'huile de coco, de l'huile d'argan ou de l'huile de calendula. Sur le contour des yeux aussi, il est possible d'appliquer certaines huiles comme l'huile d'avocat, l'huile de son de riz ou l'huile de chanvre. Enfin, vous pouvez enrichir un masque capillaire ou une crème de jour par exemple avec des huiles végétales.

Les eaux florales sont aussi de précieux outils pour votre rituel beauté. Elles peuvent être utilisées pour tonifier le visage, pour parfaire le démaquillage, pour éliminer le calcaire à la sortie de la douche, pour parfumer la chevelure, pour assainir ou apaiser le cuir chevelu, pour resserrer les pores du visage, pour fixer le maquillage, pour rincer un masque et même pour vous rafraîchir en cas de forte chaleur. Elles peuvent également faire partie des ingrédients dans vos préparations « do it yourself ». Bien évidemment, il est indispensable de les choisir dans des flacons en verre (pas toujours facile, car la plupart des eaux florales sont conditionnées dans des flacons en plastique), pour une démarche zéro plastique.

Partie

- 11 -

GARE AUX PLASTIQUES CACHÉS

LE PLASTIQUE EST PARTOUT, MÊME LÀ OÙ ON NE S'Y ATTEND PAS… BIEN ÉVIDEMMENT, LORSQUE VOUS ACHETEZ UN PRODUIT, LE RÉFLEXE DE BASE EST D'ÉVITER CEUX AVEC DES BLISTERS, DES BOUCHONS EN PLASTIQUE, DES POMPES…

Du plastique apparent, donc. Mais gare aux plastiques qui s'immiscent à l'intérieur des produits. En effet, savez-vous que certains renferment eux-mêmes du plastique ?

Si les billes de polyéthylène, polypropylène ou polycarbonate sont désormais interdites au sein de l'Union Européenne, mais aussi en Corée ou en Australie, certains pays continuent de les intégrer dans des produits d'hygiène comme les gommages, les dentifrices, les nettoyants visage, les shampooings pour leur côté abrasif. Et certaines marques les utilisent même pour donner de la fluidité à des eye-liners ou à des crèmes de jour. Pour les repérer, lisez attentivement la liste INCI de votre produit. Si vous voyez apparaître PE (ou polyéthylène), PET, PMMA dans la liste INCI, passez votre chemin. Attention, les cosmétiques peuvent contenir ce type d'ingrédients sous une forme liquide, pour leurs vertus filmogènes notamment.

Côté maquillage, gare aussi aux paillettes (qui peuvent être présentes dans des gels douche ou des soins pour le corps), car certaines sont conçues à partir d'aluminium et de polytéréphtalate d'éthylène et provoquent le même effet que les billes des gommages lorsqu'elles finissent dans les océans. C'est d'ailleurs pour cette raison que certains festivals, au Royaume-Uni notamment, ont décidé de les bannir. Heureusement, il existe des alternatives écologiques. Certains minéraux comme le mica sont connus pour leur effet scintillant et s'invitent dans les gels douche, les poudres, les fards à paupières ou les gloss. Certains fabricants sont même parvenus à mettre au point des paillettes biodégradables

vinaigre blanc
SAVON DE MARSEILLE

conçues à base d'algues. Une révolution qui permet d'afficher un look festif, sans polluer la planète. Enfin, au mica, certains préfèrent les micas synthétiques, moins controversés (le mica naturel serait souvent extrait dans des mines par des enfants). Bref, si vous aimez ce qui brille, faites toujours bien attention à ce que ce ne soit pas grâce à du plastique.

Un changement DE MODE DE VIE

En finir avec le plastique, cela signifie changer beaucoup d'habitudes et de réflexes du quotidien. Il faut alors revoir sa manière de consommer de A à Z. Sa manière d'acheter bien sûr, mais aussi sa manière d'emballer, de conserver, de nettoyer, de récurer, de jeter, etc. Ce n'est pas compliqué, mais cela demande une certaine rigueur, et cela oblige à oublier quelques mauvais réflexes pourtant bien ancrés dans nos mentalités. Si possible, limitez vos achats au supermarché, afin d'éviter les tentations liées au plastique. Bannissez au maximum les produits industriels. Préférez les commerces de proximité : primeur, épicier plutôt que les grandes surfaces où tout est en abondance, à commencer par les emballages. Préférez les légumes en conserve plutôt que les surgelés... Si vous avez l'occasion d'acheter directement chez les producteurs, c'est encore mieux !

Pour vous lancer dans une vie sans plastique, inspirez-vous du concept du « zéro déchet », qui s'appuie, sur cinq principes, à retenir absolument :

1. L'absence de surconsommation
2. La réduction des déchets et de leurs quantités
3. La réutilisation des objets et l'achat d'occasion
4. Le recyclage
5. Le compost

Partie

- 12 -

ÉLIMINER LE PLASTIQUE DE LA CUISINE

C'EST L'UNE DES PIÈCES OÙ LE PLASTIQUE EST LE PLUS PRÉSENT. COMME DANS LA SALLE DE BAINS, ALLEZ-Y PROGRESSIVEMENT, ET CHOISISSEZ D'ABORD CE QUI EST LE PLUS FACILE À ZAPPER. PETIT À PETIT, VOUS CONSTATEREZ QUE VOUS POURREZ VOUS PASSER DE TOUT OU PRESQUE...

LES SACS DE COURSES

Les sacs en plastique à usage unique sont désormais interdits en France, mais pas les sacs réutilisables plus épais, qui constituent souvent une alternative. Et à force de les oublier, on en consomme bien plus que nécessaire.

→ Pour éviter l'accumulation de ce type de sacs en plastique, ayez toujours sous le coude (dans votre voiture, votre panier à vélo, votre poche, votre sac à main) un sac réutilisable fabriqué dans un autre matériau : coton, lin, jean, papier... Et quelle que soit la matière de votre sac réutilisable, évitez de trop les accumuler afin d'adopter un comportement plus écologique. Si vous n'aviez pas prévu de faire des courses et que vous vous retrouvez dans un magasin sans avoir emporté votre sac, achetez plutôt un sac en papier jetable qu'une version en plastique. Et pensez à le réutiliser pour jeter la litière du chat par exemple.

LES BOUTEILLES D'EAU

Si vous êtes habitué à acheter un ou deux packs d'eau par semaine, cela vous laisse imaginer le nombre de bouteilles jetées à la fin de l'année. La France est l'un des pays qui consomment le plus de bouteilles d'eau en plastique, derrière le Mexique, la Thaïlande, l'Italie et l'Allemagne.

→ Pour éviter ce gâchis, troquez vos bouteilles contre l'eau du robinet, à verser dans une carafe, avec un morceau de charbon actif végétal (ou charbon binchotan), pour filtrer les impuretés mais pas les minéraux. Vous pouvez, si vous le souhaitez, investir dans une carafe filtrante, spécialement dédiée à cet usage, qui fera le bonheur de toute la famille.

LE FILM ALIMENTAIRE

Bien pratique pour recouvrir les bols, les plats ou pour emballer des restes d'aliments, le film étirable en Cellophane constitue un déchet très fréquent dans notre cuisine.

→ Heureusement, il existe une alternative plus écologique : un film alimentaire lavable. Conçu à partir de tissu, souvent de récupération, il est imperméabilisé avec de la cire d'abeille. Un excellent allié pour recouvrir la vaisselle mais aussi pour emballer les aliments du type légumes, fromage, beurre, etc. Aussi pratique, et moins pénible à dérouler que le Cellophane.

LES BARQUETTES DE CONSERVATION

Inspirées des célèbres Tupperware, elles se déclinent dans une multitude de marques et de tailles pour nous aider à ranger les aliments. Seulement elles ont tendance à se fissurer, s'abîmer, à changer de couleur, si bien qu'on les jette assez facilement et qu'elles peuvent aussi, un jour ou l'autre, se retrouver dans la nature. Et c'est sans compter tous les couvercles égarés qui finissent un jour à la poubelle.

→ Pour éviter ces déchets inutiles, et pour ne pas que les composants du plastique migrent dans la nourriture, troquez ces boîtes contre des versions hermétiques en verre avec des couvercles en bambou par exemple, des boîtes en bois, des saladiers recouverts de film, des torchons, des sacs en tissu pour le pain... Il existe bien des solutions pour conserver les aliments sans utiliser de plastique.

LES SACHETS DE CONGÉLATION

Si vous avez l'habitude de congeler des aliments, vous utilisez sans doute une multitude de petits sachets en plastique. Bannissez-les une bonne fois pour toutes !

→ Vous pouvez les remplacer par des pots en verre hermétiques ou en acier inoxydable. Pour le pain, vous pouvez utiliser des sacs en coton bio, ou à défaut une vieille taie d'oreiller. Vous pouvez aussi acheter des sachets de congélation en tissu, réutilisables, lavables en machine, et dotés d'un revêtement intérieur protecteur.

LES BOUTEILLES DE JUS DE FRUITS

L'arrivée des bouteilles en plastique a détrôné les briques en carton. Pourtant, pour lutter contre le fléau du plastique, mieux vaut oublier les bouteilles en PEhd et en PET opaque, au profit de la brique en papier carton, même si celle-ci peut contenir aussi du plastique et de l'aluminium (le Pacte national sur les emballages plastiques, signé en 2019, prévoit d'ailleurs de mettre fin à la présence d'aluminium dans les briques de lait ou de jus de fruits d'ici à 2025).

L'HUILE

Les huiles bon marché sont souvent vendues dans des bouteilles en plastique.

→ Mais vous pouvez trouver des huiles d'olive, de lin, de pépins de courge, d'argan, conditionnées dans des bouteilles en verre ou en métal, plus adaptées à la conservation de cet élixir précieux, afin d'éviter l'oxydation. Elles sont d'ailleurs souvent de meilleure qualité. Privilégiez ce type d'huile, quitte à en consommer un peu moins.

LE SEL DE TABLE

Pourquoi racheter une salière en plastique à chaque fois lorsqu'on peut réutiliser le même contenant à l'infini ?

→ Si vous voulez acheter une salière, préférez-la en métal ou en verre. Pour les recharges, choisissez du sel conditionné dans un carton ou un sachet en tissu.

LES SACHETS À GLAÇONS

Pratiques à démouler, ces sachets jetables sont à usage unique.

→ Remplacez-les par des bacs en inox, réutilisables à l'infini. Bien sûr, pas de plastique ni de silicone. Vous pouvez aussi utiliser des glaçons durables, en pierre ou en verre, qui rafraîchissent les boissons sans les diluer.

LES BARQUETTES EN PLASTIQUE

Ces barquettes alimentaires sont souvent utilisées par les commerçants qui proposent des plats à emporter. La plupart du temps, elles sont destinées à un usage unique et ne sont pas suffisamment résistantes pour être réutilisées.

→ Si vous avez l'habitude d'acheter des plats à emporter, munissez-vous d'un récipient en verre ou en inox. Le cas échéant, privilégiez une barquette en aluminium. Le principe est le même pour les barquettes en polystyrène, qui sont utilisées pour les kebabs ou les burgers par exemple.

LES BOUTEILLES DE SODA

Si vous êtes accro à ces boissons, oubliez définitivement le plastique et préférez les bouteilles en verre. Souvent disponibles en petit format, elles vous inciteront, au passage, à limiter votre consommation de soda.

→ Vous pouvez aussi acheter une machine à faire les sodas, si vous vous sentez une âme créative.

LES POTS DE YAOURT

Vous consommez régulièrement des yaourts vegan à base de lait végétal, desserts au lait de soja ou d'amande ? Vous pouvez les acheter conditionnés dans des pots en verre.

→ Vous pouvez également les fabriquer vous-même si vous le souhaitez. Inutile d'investir dans une yaourtière, vous pouvez utiliser votre four ou une casserole et réaliser vos préparations au lait de coco, lait de riz, lait d'amande…

LES ÉPONGES À RÉCURER

Souvent synthétiques, elles sont conçues à base de polyester et la face abrasive est fixée avec une colle. Du coup, elles ne sont pas recyclables. Pourtant, on en consomme 8 à 9 par an.

→ Utilisez à la place une éponge naturelle ou en viscose, conçue à partir de cellulose issue du bois. Autre option, une brosse en bois et fibres naturelles, aussi efficace que les éponges pour nettoyer la vaisselle par exemple.

LES GANTS DE VAISSELLE

Il en existe différentes sortes, dont la plupart sont en plastique.

→ Privilégiez plutôt les gants en latex naturel, issu de la plantation d'hévéa, si possible gérée durablement, pour protéger vos mains tout en préservant l'environnement.

LES PAQUETS DE GÂTEAUX INDUSTRIELS

Ils sont pratiques pour les snacks ou le goûter des enfants, mais sont souvent en plastique, entourés de plastique, ou renferment des sachets individuels en plastique.

→ Troquez-les contre des versions exclusivement en carton, achetez vos gâteaux en vrac ou préparez vous-même vos recettes de sablés et autres biscuits salés ou sucrés.

LES SACS-POUBELLES

Pour tous les déchets biodégradables, vous pouvez vous créer un bac à compost.

→ Il permet de réduire de manière drastique les déchets de la cuisine. Vous pouvez y jeter vos épluchures de fruits et de légumes, le marc de café, les coquilles d'œuf, le pain, les fleurs, les sachets de thé, les mouchoirs en papier, les cendres, les pâtes... Pour les autres déchets, privilégiez des sacs-poubelles d'origine végétale. Pour les déchets solides, réutilisez des sacs en papier kraft.

LES ACCESSOIRES DE CUISINE

Oubliez tous ceux en plastique !

→ Louches, passoires, spatules se choisissent systématiquement en inox. Les planches à découper, quant à elles, doivent être en bois. Les essoreuses à salade peuvent être remplacées par un simple torchon ou par une version en inox. De même, les moules en silicone peuvent être troqués contre des moules en métal, plus durables et tout aussi résistants.

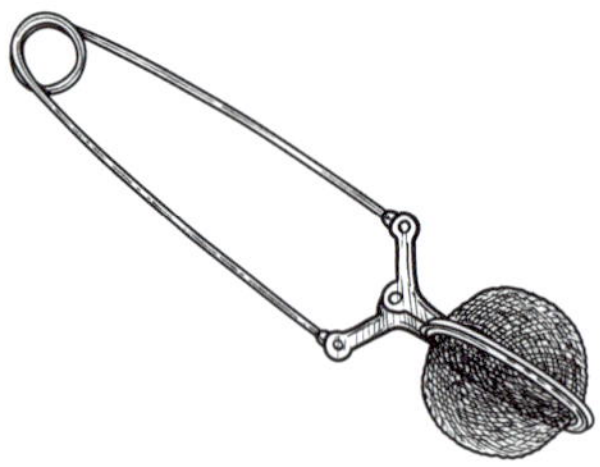

LES SACHETS DE THÉ

Aussi étonnant que cela puisse paraître, certains sachets de thé sont fabriqués à partir de Nylon et plastique. Au-delà du fait qu'ils ne sont pas recyclables, ils présentent un autre problème : ils libèrent des microparticules de plastique lorsqu'ils sont plongés dans l'eau bouillante, si bien que vous les ingérez.

→ Préférez donc le thé en vrac ou les sachets sans plastique. Vous pouvez vérifier que la mention « sans plastique » apparaît sur l'emballage.

LE LIQUIDE VAISSELLE

Systématiquement emballé dans un flacon en plastique, ce produit, qui paraît au demeurant indispensable dans toutes les maisons, peut facilement être remplacé.

→ Le savon de Marseille, qui nettoie et dégraisse parfaitement, est une excellente alternative. Il existe aussi différents types de produits vaisselle solides. Vous pouvez également concocter votre recette vous-même si vous le souhaitez.

LES PASTILLES POUR LE LAVE-VAISSELLE

Souvent en plastique et conditionnées elles-mêmes dans des sachets en plastique, elles peuvent être remplacées par de la poudre, tout aussi efficace, même si elle paraît un peu moins pratique.
→ Attention, vérifiez bien que la poudre elle-même n'est pas emballée dans un sachet en plastique.

L'ALIMENTATION

Et, bien sûr, en évitant toute la nourriture industrielle, vous réduirez drastiquement tous vos déchets plastiques. Évitez les fruits et légumes pré-emballés dans des sachets… Pour les sauces (moutarde, ketchup, etc.), préférez toujours les contenants en verre, pour un recyclage optimal. Faites votre pâte feuilletée, sablée ou brisée maison, plutôt que de l'acheter toute prête. Lorsque vous faites vos courses, pensez tout simplement « impact plastique » systématiquement avant d'acheter. Même en magasin, vous trouverez souvent une alternative sans plastique, si vous prenez le temps de la chercher. Un nouveau réflexe à adopter, mais qui viendra très vite.

Lamazuna
La tisane de jour
VERVEINE ODORANTE • MENTHE POIVRÉE • HIBISCUS • ROMARIN

Partie
- 13 -

ÉLIMINER LE PLASTIQUE DU RESTE DE LA MAISON

LE PLASTIQUE EST TRÈS PRÉSENT DANS LES EMBALLAGES DU QUOTIDIEN. IL EST DONC INDISPENSABLE DE RESTREINDRE AU MAXIMUM LES PRODUITS QUE VOUS ACHETEZ. BIEN SÛR, CELA PASSE PAR UN MAXIMUM DE PRODUITS SOLIDES ET DE PRODUITS CONDITIONNÉS DANS DES BOÎTES EN CARTON OU EN MÉTAL, POUR LE PLUS GRAND RESPECT DE LA PLANÈTE.

LA LESSIVE

Un Français utiliserait en moyenne 26 litres ou 40 kilos de lessive par an. Une quantité phénoménale ! Oubliez donc définitivement les bidons en plastique, même lorsqu'ils sont rechargeables.

→ Privilégiez les poudres, conditionnées dans des emballages en carton. Et pour un lavage moins polluant et plus naturel, préférez les copeaux de savon de Marseille, ou réalisez votre recette maison. Avant d'acheter, vérifiez bien que votre emballage ne contient aucun plastique. Vous pouvez aussi opter pour de la lessive en vrac, à verser dans le contenant que vous souhaitez.

→ Pour une recette maison, faites chauffer 1 l d'eau et ajoutez 50 g de copeaux de savon de Marseille. Laissez tiédir et additionnez d'une cuillère à soupe de bicarbonate de soude. Laissez refroidir et versez le tout dans un contenant en verre.

LES LINGETTES POUR LE MÉNAGE

Même si elles sont pratiques, elles ne sont pas indispensables.

→ Pour nettoyer les meubles, vous pouvez utiliser un torchon ; pour les sols, une serpillière, tout simplement. Attention, évitez

les chiffons en microfibres synthétiques, conçus à base de polyester ou de polyamide, qui diffusent des microparticules de plastique au moment du lavage en machine. Préférez les lingettes en microfibres de bambou, ou encore, les chiffons en coton ou ceux en lin, plus écologiques.

LA CRÈME À RÉCURER

Elle peut facilement être remplacée par une pierre d'argile, à fabriquer vous-même si vous voulez éviter l'emballage plastique (attention, l'argile et le métal ne font pas bon ménage !), ou par du savon noir.

→ Pour une recette maison de la pierre d'argile, mélangez 50 g d'argile blanche en poudre ou de blanc de Meudon, 30 g de bicarbonate de soude et 25 g de savon de Marseille liquide ou de liquide vaisselle. Ajoutez 10 gouttes d'huile essentielle de citron. Versez la pâte dans un pot et laissez sécher deux semaines. Refermez avec un couvercle. Humidifiez la pâte à chaque utilisation.

LE NETTOYANT POUR LA CUISINE

Vous pouvez le remplacer facilement par du savon noir ou par une recette que vous aurez fabriquée vous-même. Le savon noir est le plus facile à utiliser. Diluez-en 2 cuillères à soupe dans 5 l d'eau chaude pour nettoyer les sols. Employez-le pur pour les surfaces, plans de travail, cuisinières, la vaisselle avant de rincer.

→ Préférez un nettoyant multi-usages, qui permet d'éviter d'accumuler les flacons ou les produits.

LE NETTOYANT POUR LES SOLS

Le savon noir est l'allié des sols carrelés (carrelages, terre cuite…).

→ Préférez une version solide, ou un emballage en verre si vous avez opté pour du liquide. Vous pouvez en trouver facilement dans un magasin de vente en vrac.

Si vous avez des animaux de compagnie, vos achats de nourriture et d'entretien doivent aussi être adaptés à votre nouveau mode de vie.

- **Côté alimentation** : les croquettes doivent être conditionnées dans des paquets en carton, les pâtées dans des boîtes en aluminium.
- **Pour l'hygiène de votre animal, soyez attentif** : la litière doit être stockée dans des emballages souples, type kraft. Et même si vous devez ramasser les déjections de votre chien dans la rue, faites le bon choix : oubliez les sachets en plastique, préférez les sachets en papier jetables, plus écologiques et plus pratiques grâce à leur palette en carton rigide qui sert de pelle.
- **Les laisses** sont à préférer en matière naturelle, **les paniers** de transport aussi. **Même les jouets** qui leur sont dédiés doivent être minutieusement choisis pour éviter le plastique. Lamazuna en propose notamment à base de tissu et rembourrés avec des fibres de maïs. N'oubliez pas non plus que chiens et chats s'amusent parfois aussi bien avec un bouchon en liège, une balle en cuir ou un gros morceau de corde...
- **Rien ne doit être laissé au hasard pour votre minou ou votre toutou, même les produits de nettoyage. Vous trouverez, par exemple, des shampooings solides pour laver votre chien en douceur et en toute sécurité. Les peignes et les brosses doivent être en matériau naturel** : brosses en bois et poils de sanglier, peigne en corne, etc. Ces accessoires sont inusables et préservent le poil de nos bêtes préférées.

Partie

- 14 -

LES PRODUITS À TOUT FAIRE

POUR VOS PRODUITS D'ENTRETIEN À LA MAISON, MISEZ SUR DES SOLUTIONS QUI ONT FAIT LEURS PREUVES ET OFFRENT UNE MULTITUDE DE POSSIBILITÉS POUR NETTOYER VOTRE INTÉRIEUR EFFICACEMENT, À MOINDRES FRAIS, ET SANS DÉCHETS PLASTIQUES. DES FORMULES BIEN CONNUES DU GRAND PUBLIC, MAIS AUXQUELLES ON NE PENSE PAS FORCÉMENT POUR NOTRE HABITAT.

LE SAVON DE MARSEILLE

Connu depuis plusieurs siècles, le véritable savon de Marseille ménager est formulé à base d'huile végétale et de lessive de soude, puis cuit au chaudron. On le trouve sous forme liquide, solide (en cube), en copeaux (ou paillettes)...

→ C'est le produit à avoir absolument chez soi. Les fées du logis ne jurent que par lui ! Il détache tous les tissus, peut être utilisé comme liquide vaisselle, nettoie et dégraisse les sols et les surfaces carrelées et peut même être utilisé pour laver la voiture. Il fait briller les bijoux en or ou en argent, nettoie les meubles et les vêtements en cuir, peut être utilisé pour lessiver les murs.

C'est aussi un produit réputé pour éloigner les mites lorsqu'on en glisse un morceau dans le placard, entre deux piles de linge, et pour chasser les pucerons lorsqu'on en vaporise sur les plantes. Bref, un produit totalement naturel, qui a plus d'un tour dans son sac. Bien sûr, préférez les versions solides ou en paillettes, avec un conditionnement zéro plastique.

Vous pourrez ensuite les transformer à votre guise en produits liquides en mélangeant 30 grammes de copeaux de savon de Marseille (ou de savon de Marseille que vous aurez râpé) à un litre d'eau bouillante et en versant le tout dans un flacon en verre. Vous n'aurez plus qu'à utiliser la préparation pour nettoyer votre intérieur.

LE BICARBONATE DE SOUDE

C'est un produit magique, à avoir absolument chez soi. Cette poudre blanche est un produit pur et écologique, naturellement présent dans certains sols (notamment en bordure de lacs) et fabriqué à partir de calcaire et de sel. Il a été mis au point en 1791 par le chimiste français Nicolas Leblanc. Il est efficace pour récurer les baignoires, les WC

et les lavabos, pour ôter les mauvaises odeurs dans les canalisations, pour éliminer l'odeur de tabac dans les cendriers, les odeurs dans les souliers ou pour absorber les odeurs d'urine des animaux (dans la litière du chat par exemple !).

Le bicarbonate de soude est un précieux allié pour détartrer les bouilloires et les fers à repasser, pour rénover les casseroles brûlées, les tasses imprégnées de thé, pour faire briller les verres et l'argenterie, pour nettoyer les moquettes et les tapis. Il est également capable d'absorber les mauvaises odeurs dans une poubelle ou de déboucher les canalisations. Il décrasse aussi les machines à laver, les cafetières, etc.

Ce n'est pas tout ! Il ravive la blancheur des appareils dentaires, des draps et des matelas. C'est aussi un super complice pour ôter les traces de moisissures le long de la douche ou de la baignoire. Il est capable d'éliminer la rouille sur les objets en métal. Il peut également être utilisé pour nettoyer les ustensiles de cuisine. Avec lui, vous pouvez laver vos fruits et légumes sans risque, et même conserver vos fleurs plus longtemps en en ajoutant dans l'eau de votre vase. Il s'utilise aussi dans le jardin comme désherbant ou pour protéger les plantes contre certains parasites.

→ Pas question d'acheter un pot ou un sachet en plastique, choisissez exclusivement des emballages en carton. N'hésitez pas à acheter des gros paquets, car vous risquez de faire une importante consommation de bicarbonate. Et c'est un produit qui se conserve très bien. D'autant qu'il peut aussi être utilisé dans des recettes pour créer vos produits ménagers maison.

LE VINAIGRE D'ALCOOL

Appelé aussi vinaigre blanc ou vinaigre cristal, c'est un produit champion pour nettoyer la maison. Issu de la fermentation de betteraves, de canne à sucre, de céréales, de maïs, il est composé d'eau et d'acide acétique qui lui apporte toute son efficacité et lui donne son odeur si typique.

Son taux d'acidité varie selon les produits et peut atteindre 14 % pour les formules les plus concentrées (seulement 5 % pour les moins concentrées). Attention, ne l'associez jamais à l'eau de Javel, car le mélange peut provoquer des émanations toxiques.

vinaigre
blanc
SAVON
DE
MARSEILLE

DE MARSEILLE
EN COPEAUX
SAVON
DE MARSEILLE
EN COPEAUX
72 %

→ Ce produit peut être utilisé pour nettoyer les aliments sans risque puisqu'il est comestible (malgré son goût prononcé) mais c'est surtout un allié hors pair pour les pros du ménage. Il nettoie et détartre les carrelages de salle de bains, les bouilloires, les WC, les robinets. Il peut ôter facilement les traces de colle sur les surfaces en bois ou en plastique. Il aide à éliminer les taches sur les textiles. Il peut remplacer le liquide de rinçage dans le lave-vaisselle et peut dégraisser vos plats, casseroles et assiettes avant le lavage. Il est aussi capable de redonner brillance et transparence à vos verres et à vos couverts.

Ce produit peut aussi être employé pour désodoriser les canalisations des douches, des éviers, des lavabos. Il peut facilement remplacer n'importe quel nettoyant ménager : il est capable de nettoyer les vitres et les miroirs, d'ôter les taches sur la moquette ou les tapis, de redonner un coup de propre au réfrigérateur, au micro-ondes ou à la hotte de cuisine. C'est aussi un produit efficace pour remplacer l'adoucissant pour le linge ou pour désincruster les odeurs imprégnées dans les textiles. C'est même un allié pour le jardin puisqu'il peut avoir une action désherbante. Seul problème : le vinaigre blanc est souvent vendu dans des bouteilles en plastique. La solution la plus écologique et « no plastic » ? L'acheter en vrac dans des magasins spécialisés, ou dans des bouteilles en verre, parfois consignées, pour un esprit zéro déchet.

LE SAVON NOIR

Bien connu des pays du Maghreb, c'est une formule particulièrement efficace pour nettoyer la maison. Mélange d'huile de lin, de potasse et d'eau, il se présente sous forme liquide ou solide. Le savon noir ménager ne doit pas être confondu avec le savon noir cosmétique, à base de pâte d'olive. Le savon noir a plus d'un tour dans son sac pour donner un coup de propre à votre intérieur.

→ Il est efficace pour nettoyer les éviers, les baignoires, les plans de travail. Le savon noir est aussi un bon allié pour dégraisser les hottes, les fours, les grilles de barbecue, les plaques de cuisson, les friteuses, les plats incrustés de graisse ou d'aliments brûlés. Il s'utilise pour nettoyer les vitres, les miroirs, les parquets, les carrelages, les linos, le marbre, l'ardoise, les tomettes et même les dalles de votre terrasse. Il est aussi efficace sur les joints qu'il désencrasse. Il est pratique pour désinfecter les sanitaires. C'est un précieux allié pour nettoyer les fauteuils et meubles en cuir, y compris dans votre voiture. Le savon noir détache également de façon efficace les tissus foncés (pas les clairs, qu'il risque de tacher à cause de sa couleur sombre). On peut aussi l'utiliser pour faire briller le cuivre et l'argenterie, plus facilement qu'avec des produits dédiés à l'odeur incommodante.

C'est un champion pour nettoyer les vitres de cheminée, car il élimine parfaitement la suie. Il peut aussi servir à lessiver les murs pour les nettoyer ou avant de les repeindre. Dans le jardin enfin, le savon noir a son utilité puisqu'il aide à éliminer les pucerons sur les plantes. Il suffit alors de le diluer dans de l'eau et de le vaporiser sur vos plantes.

Les bons gestes pour mobiliser son entourage

- Réduire ses déchets plastiques, c'est aussi limiter ceux de toute la famille, à petite ou grande échelle. Il va vous falloir un peu de patience et de pédagogie pour y parvenir, mais c'est essentiel pour que tout votre entourage vous emboîte le pas. Commencez par les personnes avec lesquelles vous vivez (conjoint, enfants), puis élargissez le champ d'action à votre famille (parents, frères et sœurs, cousins…), à vos collègues de travail et amis intimes. Vous pourrez ainsi faire le vide du plastique dans votre maison, votre bureau, votre maison de vacances… puis chez vos amis et voisins !

ECO
BODY CREAM

Partie
- 15 -

INCITER LES AUTRES EN DOUCEUR

POUR SENSIBILISER VOS PROCHES, IL EST INDISPENSABLE DE PROCÉDER DE MANIÈRE PROGRESSIVE.

C'est sans doute avec les plus jeunes que ce sera le plus facile, car ils n'ont pas encore de mauvais réflexes et sont sans doute plus sensibles à l'environnement.

Apprenez donc à vos enfants, neveux et nièces à reconnaître le plastique et à choisir les produits dont ils peuvent facilement se passer. Les gâteaux industriels par exemple. Démontrez-leur comme c'est bien plus amusant de préparer des sablés maison, le mercredi après-midi ou le dimanche, plutôt que d'aller les acheter au supermarché. Il suffira ensuite de les ranger dans une jolie boîte hermétique et de les dégainer au moment du goûter.

Il est inutile d'acheter les boissons chocolatées toutes prêtes, conditionnées dans des bouteilles en plastique ou des briques dotées de pailles. Elles peuvent être préparées à la minute, ce qui vous permettra de les doser comme vous voulez et, potentiellement, d'opter pour une version moins sucrée ou de choisir le lait que vous voulez pour les agrémenter.

Les petits peuvent facilement comprendre que les pailles ne sont pas très utiles et qu'ils peuvent boire comme des grands. Bien évidemment, il n'est pas question de supprimer les jouets en plastique des enfants et de les priver de leurs accessoires préférés, ils auront tout le temps de s'y préparer quand ils auront pris conscience des méfaits du plastique.

Au bureau aussi, vous pouvez agir pour inciter vos collègues à adopter un comportement « plastic free ». L'ennemi N° 1 ? Les gobelets en plastique, bien utiles pour la fontaine à eau, mais qui sont souvent à usage unique, et en fin de journée, c'est souvent plusieurs gobelets par personne qui finissent à la poubelle. La gourde peut être une solution, mais elle n'est pas très hygiénique si vous utilisez la fontaine à eau collective. La bonne idée ? Des verres, tout simplement à laver chaque soir après usage. Ils permettent ainsi de conjuguer hygiène parfaite et développement durable. Prenez-en un chez vous, ou achetez un lot bon marché, à partager avec vos collègues s'ils sont intéressés.

L'ennemi N° 2 ? Les couverts en plastique, alliés des déjeuners sur le pouce, plats à emporter, etc. Pourquoi utiliser

du jetable quand on peut utiliser du lavable ? Ayez toujours sous le coude des couverts en métal, achetés à petit prix, que vous pourrez facilement nettoyer, et proposez-les à vos collègues avant qu'ils ne dégainent des couverts en plastique. Il existe bien une alternative jetable aux couverts en plastique comme les couverts en bois ou en plastique végétal, mais leur usage étant unique aussi, autant limiter au maximum l'impact environnemental en utilisant tout simplement des couverts traditionnels. De même, si vous avez l'habitude d'aller avec vos collègues acheter des plats à emporter, apportez votre boîte en métal ou en verre, pour éviter les boîtes en plastique qui finiront immédiatement à la poubelle une fois le plat terminé. Au début, on vous regardera sans doute d'un drôle d'œil, mais rapidement, il y a fort à parier que vos collègues suivront votre exemple.

Avec vos amis, adoptez la même tactique. Si vous êtes invité à dîner chez eux et que vous décidez d'apporter des fleurs, évitez le papier Cellophane et demandez au fleuriste un emballage sans plastique. Même chose si vous préférez apporter une corbeille de fruits. Enfin, si vous avez une hésitation, choisissez un présent qui ne contient pas de plastique : une bouteille de vin ou de champagne, une boîte de chocolats (non industrielle, toujours pour éviter le plastique). Ou pourquoi ne pas préparer un plat, un dessert maison ou des chocolats ? Si vous vous rendez à un barbecue ou à un pique-nique, essayez de convaincre vos amis que les assiettes et couverts en plastique ne sont pas une bonne idée, qu'ils peuvent être remplacés par des barquettes en aluminium (recyclables à l'infini), des assiettes en métal ultra légères et des verres en verre. Chacun peut apporter sa vaisselle et la laver à la fin du repas. Si vous êtes sportif, que vous allez courir avec un(e) ami(e), troquez votre bouteille en plastique contre une gourde, aussi facile à transporter. Si vous utilisez des accessoires de sport, choisissez-les en matériaux naturels : corde à sauter en cuir, haltères en métal, etc.

Partie

- 16 -

ÉDUQUER SON ENTOURAGE DE MANIÈRE SUBTILE

POUR QUE VOS PROCHES DEVIENNENT VOS MEILLEURS ALLIÉS ANTI-PLASTIQUE, IL EST ESSENTIEL DE LEUR EXPLIQUER LES RAISONS DE VOTRE DÉMARCHE.

Le but est d'être pédagogique, absolument pas de plomber l'ambiance ni de contraindre qui que ce soit. Dégainez des arguments percutants pour être convaincant… photos, chiffres ou exemples à l'appui. Face à des fervents défenseurs de la cause animale, expliquez-leur que le plastique, à force de se retrouver dans la nature et les océans, tue 1,5 million d'animaux chaque année (source : novethic.fr).

Argumentez que des baleines ont l'estomac rempli de plastique, que certains oiseaux confondant proies et plastique les ingèrent, que les pailles peuvent se coincer dans les narines des tortues, que les baleines, dauphins et marsouins sont victimes d'enchevêtrement de filets, de câbles, ou encore, reprenez cet exemple récent du crocodile géant, en Indonésie, qui vit depuis plusieurs années avec un pneu coincé autour du cou, et que personne ne parvient à ôter.

Si vous êtes face à des personnes particulièrement soucieuses de leur santé, faites-leur comprendre qu'elles ingèrent du plastique quotidiennement, sans s'en rendre compte, dans les aliments qu'elles consomment : sel, poisson, eau…

Enfin, en cas de personnes attachées au littoral, à la verdure, à la campagne… montrez-leur comment le plastique est une source de pollution dans tous les paysages. Dans les océans, sur les plages, sur les rochers, dans les arbres, au large d'îles paradisiaques… les images peuvent provoquer une onde de choc chez ceux qui les visualisent. Bien sûr, avec les enfants, soyez vigilant. Veillez à ne pas les traumatiser, mais procédez plutôt de manière ludique.

Apprenez-leur à ramasser les déchets dans la nature pour que chacun puisse agir à son échelle. Organisez non pas des chasses au trésor mais des chasses au plastique, pour faire de ce moment un instant ludique, pédagogique et écologique. Et pour que les petits puissent identifier au mieux le plastique, faites en sorte de les familiariser avec ce matériau en leur proposant de peindre sur différents types d'objets (bouteilles, pots de yaourt, gobelets…) pour les recycler en pots à crayon par exemple.

Partie
- 17 -

NE PAS TOMBER DANS L'EXCÈS

SI VOUS VOUS MONTREZ TROP ENTREPRENANT OU TROP DIRECTIF, VOUS PRENEZ LE RISQUE DE BRAQUER VOTRE ENTOURAGE ET DE PRODUIRE EXACTEMENT L'EFFET INVERSE DE CE QUE VOUS SOUHAITEZ.

Pour faire comprendre votre démarche à vos proches, et pour qu'ils l'acceptent, vous ne devez pas leur imposer quoi que ce soit. Observez leur mode de vie, et voyez comment à leur tour ils peuvent améliorer ou, plutôt, réduire leur rapport au plastique.

Interrogez vos amis sur la manière dont ils trient les déchets. Posez-leur des questions sur leurs motivations pour consommer de l'eau minérale en bouteille, des produits à emporter emballés dans des boîtes jetables, des sachets plastiques de façon trop fréquente. Pour inciter vos amis à utiliser moins de plastique, n'hésitez pas à leur faire si vous le pouvez des petits cadeaux lorsque l'occasion se présente : un tote bag en tissu original, que votre meilleure amie ne voudra plus quitter pour faire ses courses, une lunch box personnalisée en verre et bambou, que votre sœur se fera un plaisir d'emporter à chaque fois qu'elle déjeunera sur le pouce, un stylo en carton pour votre collègue...

Vous pouvez également organiser des événements autour de la chasse au plastique avec quelques amis si vous les sentez réceptifs à la cause. Le plus simple ? Un nettoyage de plage ou de berge d'un lieu qui vous tient à cœur, avec les adultes et les enfants. Vous pouvez vous lancer, quel que soit le nombre de personnes ! À vous de voir si vous préférez vous joindre à une collecte déjà prévue ou en organiser une. Vous trouverez des infos sur le site initiativesoceanes.org. Vous pouvez aussi mettre en place une collecte à plus petite échelle. Avec les plus petits, misez plutôt sur une grande chasse au plastique, façon chasse au trésor. Cachez des objets en plastique dans le jardin mais aussi d'autres objets et demandez-leur de vous rapporter tous ceux qui sont en plastique ! Une manière ludique de chasser le plastique. Enfin, vous trouverez aussi des jeux de 7 familles du recyclage, ou des jeux de tri sélectif, pour des moments agréables en famille. Si vous avez l'âme créative, vous pouvez fabriquer ensemble ce type de jeu, en utilisant des couleurs, des matériaux, des personnages différents. Laissez place à votre imagination.

Partie
- 18 -

LES BELLES INITIATIVES POUR VIVRE SANS PLASTIQUE

DEPUIS 2018, LE CONCEPT ZÉRO PLASTIQUE A DONNÉ NAISSANCE À DES DÉMARCHES ORIGINALES, FUTÉES, PRATIQUES, LUDIQUES. EN VOICI QUELQUES-UNES QUI ONT RETENU NOTRE ATTENTION ET MÉRITENT D'ÊTRE MISES EN VALEUR, MÊME S'IL EN EXISTE ENCORE BIEN D'AUTRES QUE NOUS N'AVONS PAS RÉPERTORIÉES. EN ESPÉRANT ÉGALEMENT QUE CELA DONNE LIEU À D'AUTRES IDÉES ZÉRO PLASTIQUE.

L'appli SMARTPHONE DE WWF

Baptisée WAG (pour We Act for Good), elle est disponible sur Android et IOS. Elle répertorie une multitude d'actions et de défis à réaliser chaque jour pour prendre soin de la planète et améliorer votre impact environnemental. Une grande partie des actions sont liées au zéro déchet et à l'élimination du plastique. Mais vous trouverez aussi des astuces pour optimiser votre énergie ou vous déplacer de manière plus écologique. Il n'y a plus qu'à vous inscrire, pour pouvoir en profiter.

Le premier rayon ALIMENTAIRE ZÉRO PLASTIQUE À AMSTERDAM

Aux Pays-Bas, le supermarché Ekoplaza Bio a lancé le tout premier rayon alimentaire sans plastique. Il propose des produits bio et conditionnés sans plastique. L'alternative ? Des emballages à base d'algues, de cellulose, de plantes, d'arbres ou d'écorces. Bien sûr, on trouve aussi des conditionnements en verre ou des conserves. Au total, près de 700 références « plastic free ». Une première mondiale, mise au point avec l'aide du groupe environnemental A Plastic Planet. Le concept devrait s'étendre à toutes les enseignes et se développer jusqu'au Royaume-Uni. On espère qu'elle donnera lieu à des initiatives de ce type dans d'autres pays. La cofondatrice d'A Plastic Planet, Sian Sutherland, aimerait imposer ce concept dans tous les supermarchés.

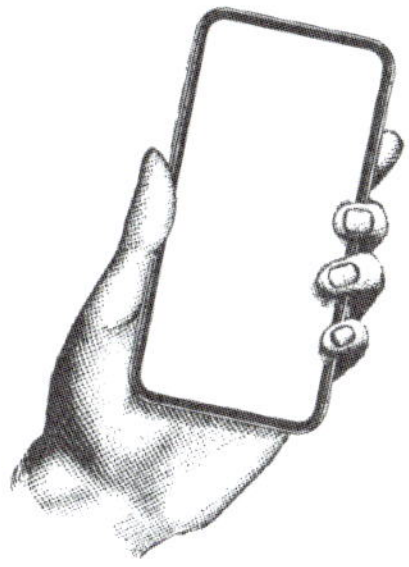

Le premier DRIVE NU À TOULOUSE

Dans le Sud de la France, c'est un drive original qui a vu le jour. Le concept ? Tous les emballages jetables y sont proscrits. Ils sont remplacés par des matières alternatives éco-responsables. Les emballages sont réutilisables, et les conditionnements vides sont rapportés la fois d'après. Vous y trouverez des produits alimentaires, des cosmétiques, des produits ménagers à commander en ligne et à venir retirer sur place. Ledrivetoutnu.com

La formation ZÉRO DÉCHET EN LIGNE

Même si zéro plastique et zéro déchet sont deux concepts différents, ils sont complémentaires. Pour mieux comprendre les enjeux de notre production de déchets, et s'initier au zéro gaspillage, Zero Waste France en collaboration avec l'Université des colibris a mis au point une formation en ligne gratuite sur le zéro déchet. Composée de 12 modules, dont un totalement dédié au plastique, elle est accessible à tous. Elle propose des exercices, des fiches et fait intervenir des experts divers : auteurs, chefs de projet, ingénieurs...

L'alternative à la DÉCHETTERIE

La ville de Vayres, dans le Sud-Ouest abrite un lieu inédit : le SMICVAL Market. Là-bas, chacun peut déposer un objet dont il ne veut plus, plutôt que de le mettre aux encombrants ou à la déchetterie, afin d'éviter le gaspillage. Les objets sont ensuite remis en rayon, pour être récupérés gratuitement par d'autres personnes. Plutôt que d'être jetés, les produits sont échangés et ce sont donc une multitude d'objets en plastique (entre autres), qui ne finissent pas enfouis avec les déchets. Ainsi, on peut y trouver au gré de ses envies des jouets, des appareils électroménagers, des pots de fleurs... Un lieu à mi-chemin entre vide-grenier et déchetterie, qui rend service à tout le monde et fait du bien à la planète. Un deuxième SMICVAL Market ouvrira à Libourne en 2022.

Le plastic FREE JULY EN AUSTRALIE

Chaque année, les Australiens dédient tout le mois de juillet à la lutte contre le plastique et à la sensibilisation de la population en faveur de cette cause. Le concept a été lancé par la Plastic Free July Foundation. Au programme, un festival avec des activités et des opérations de nettoyage. Objectif : faire un break avec le plastique, refuser son utilisation et limiter au maximum son usage. Le concept a convaincu plus d'un million de personnes de pays différents. Et si vous lanciez le défi ? Un mois complet sans plastique du 1er au 31 juillet. Vous verrez que c'est tout à fait possible.

La croisière ÉCO-RESPONSABLE AUX PAYS-BAS

Naviguer sur les canaux d'Amsterdam, c'est déjà un plaisir… Cela peut aussi devenir une démarche écologique et anti-plastique, grâce à l'initiative originale de l'entreprise Plastic Whale. Son idée de génie ? Proposer aux croisiéristes de repêcher tout le plastique des canaux à bord d'un bateau lui-même conçu à partir de 8 000 bouteilles en plastique. Le plastique repêché sera ensuite utilisé pour fabriquer des tables et des chaises. Et bonne nouvelle, la pêche est tellement bonne que les déchets plastiques commencent à se faire rares sur les canaux. Si le projet s'est déjà étendu à Rotterdam, il pourrait également voir le jour dans d'autres villes du monde, notamment en Inde ou en Indonésie.

Quelques INITIATIVES DE RECYCLAGE…

Du côté du recyclage aussi, certaines entreprises ont mis au point des actions engagées et révolutionnaires.

Les œuvres D'ART D'OCEAN SOLE

Cette société a été créée par une biologiste kényane. Son objectif : collecter toutes les claquettes et tongs en plastique abandonnées ou échouées sur les côtes. Elles sont ensuite confiées à un collectif de 50 artistes, qui les utilisent pour en faire des œuvres d'art, principalement des sculptures. En 2015, Ocean Sole a ainsi collecté et recyclé 400 000 tongs. Pour voir ou acheter ces créations originales, rendez-vous sur oceansoleonline.com ou sur adoptezuneordure.fr

Les baskets VEJA

La marque française ultra tendance adulée des stars (Kate Middleton, Meghan Markle, Emma Watson…) est connue pour ses baskets écologiques et chic. Pour ses modèles, elle utilise du tissu fabriqué à partir de bouteilles en plastique recyclé (PET) : le B-mesh. Ce tissu est fabriqué au Brésil. Les bouteilles en plastique sont récoltées puis transformées en flocons, qui deviennent des fibres de polyester. Trois bouteilles permettent de fabriquer une paire de baskets. La marque utilise d'autres fibres comme l'hexamesh, mélange de plastique recyclé et de coton bio, ou le J-mesh, mélange de jute, coton recyclé et PET recyclé. À la place du cuir ou du plastique, la marque utilise pour la structure de ses baskets, une toile de coton recouverte d'huile de maïs.

Les créations DE WILLIAM AMOR

Dans son atelier parisien, ce créateur hors norme ne travaille qu'à partir de déchets plastiques, qu'il utilise comme matière première pour élaborer des créations florales. Elles se déclinent dans toutes sortes d'objets raffinés et design : fleurs, bijoux, lustres… Le déchet plastique devient alors un objet d'exception. Les sacs en plastique se transforment en fleurs, les mégots se métamorphosent en mimosa, les bouteilles deviennent des pétales translucides… À découvrir sur son instagram @william.amor

Création et photographie © William Amor

Partie
- 19 -

ZOOM SUR LE PLASTIQUE RECYCLABLE/RECYCLÉ

Le BIOPLASTIQUE

Il faut plus précisément parler des bioplastiques, appelés aussi PHAs polyhydroxyalcanoate, PLA pour Poly Lactic Acid, bio PET (polyéthylène téréphtalate) et bio PE (polyéthylène). C'est en quelque sorte un retour aux sources, puisqu'il est fabriqué à partir de matières premières naturelles, comme c'était le cas autrefois, même si ces matières premières ont bien changé. On trouve aussi des amidons plastifiés par exemple, des polymères biosourcés comme le PEF (polyéthylène furanoate). Tous ces matériaux sont obtenus à partir de ressources renouvelables agrosourcées de différentes provenances : les céréales (maïs, blé...), les tubercules (pommes de terre, patates douces, betteraves...), les oléagineux ou la canne à sucre.

Ces plastiques végétaux sont utilisés seuls dans le cas d'un plastique 100 % végétal ou sont mélangés à des polymères pétroliers pour un bioplastique qui peut contenir 40 % de matière végétale (c'est le minimum pour qu'on puisse parler de bioplastique). Le bioplastique est utilisé pour la fabrication de sacs, de bouteilles d'eau, de film alimentaire ou d'emballages. Ils présentent les mêmes propriétés que les plastiques traditionnels. Serait-ce la solution idéale ? Pas forcément. C'est une bonne alternative, car elle permet de limiter les émissions de CO_2 et utilise des ressources naturelles

et renouvelables pour sa fabrication. Malgré tout, la production de bioplastique n'est pas si vertueuse, car elle nécessite une consommation d'eau excessive. C'est pourquoi aujourd'hui, les fabricants tentent de s'orienter vers des bioplastiques conçus à partir de déchets (alimentaires par exemple) et dont le bilan carbone avoisine les zéros.

Le BIO-DÉGRADABLE

On entend par biodégradable un produit qui peut être décomposé ou digéré par des organismes vivants. Un produit en plastique peut être biodégradable même s'il a été fabriqué à partir de pétrole. Inversement, les produits en plastique d'origine végétale ne sont pas forcément biodégradables. Attention, quand on parle de « biodégradable » pour le plastique, il ne s'agit pas de le laisser dans la nature en attendant qu'il se dégrade. C'est par un processus industriel, avec des bactéries et une haute température, que le plastique est décomposé.

Le COMPOSTABLE

Il existe des matériaux plastiques compostables, souvent des sacs conçus en fécule de pomme de terre, en maïs, en amidon. En moins de six mois, ils se dégradent à 90 %, à condition de le mettre au compost avec les déchets alimentaires et de préserver le tout dans un milieu humide, de 60 °C à 90 °C. On identifie ces sacs en plastique grâce au logo OK Compost.

Biosourcé, BIODÉGRADABLE, QUELLE DIFFÉRENCE ?

Ils ne vont pas forcément de pair. En effet, le bioplastique peut être biosourcé, c'est-à-dire issu d'une ressource renouvelable et/ou biodégradable. Ce terme signifie que le plastique va se décomposer en éléments non dommageables pour le milieu naturel. On trouve aujourd'hui différents bioplastiques : des bioplastiques biosourcés de 1 % à 100 % mais non biodégradables, des bioplastiques dérivés du pétrole mais biodégradables, des bioplastiques en partie biosourcés, en partie dérivés du pétrole et biodégradables et, enfin, des bioplastiques 100 % issus des ressources renouvelables et biodégradables. Seuls les plastiques biosourcés conçus à partir de polymères biodégradables sont biodégradables.

Le recyclage DU PLASTIQUE VÉGÉTAL

Les plastiques d'origine végétale qui ne sont pas biodégradables ne sont toujours pas simples à recycler, car les filières de tri ont souvent du mal à les identifier. De plus, le recyclage dépend de la composition du plastique végétal. Le PET végétal, utilisé notamment pour les bouteilles d'eau, est recyclable dans les usines classiques.

Le PLA, utilisé pour certains pots de yaourt, n'est pas recyclé, il est incinéré. Mais les centres de recyclage ne cessent de se perfectionner pour améliorer ce problème. Et d'ici à 2022, les centres de tri devraient être équipés pour mieux reconnaître les différentes sortes de plastique, les séparer par type de résine et permettre un meilleur recyclage de tous les plastiques, même végétaux. Pots, barquettes, blister pourront ainsi être recyclés dans la France entière.

Le bioplastique DE LAMAZUNA

Du plastique chez Lamazuna, oui, à condition que celui-ci soit éco-responsable et durable. C'est la raison pour laquelle la marque Lamazuna s'est intéressée de près au bioplastique pour créer son Oriculi, un outil durable, alternative au Coton-tige et destiné à nettoyer les oreilles. La marque voulait un bioplastique qui soit à la fois 100 % biosourcé et biodégradable. Pour ce petit objet, la contrainte était de taille puisqu'il fallait trouver un matériau d'une certaine souplesse, pour éviter qu'il ne casse lorsqu'on le manipule, mais pas trop souple non plus, afin qu'il ne se torde pas.

Lamazuna a mis du temps avant de trouver le plastique idéal pour confectionner son Oriculi. Pour cela, la marque a choisi un plastique issu à 100 % de ricin, cultivé en Inde, via une filière durable. La transformation de la graine se fait en France. La matière est ensuite injectée dans un moule, réalisé en 3D, pour lui donner une forme précise et parfaite.

L'Oriculi est très solide grâce à sa composition en bioplastique. Si toutefois il venait à casser, Lamazuna s'engage à le remplacer et à le recycler. Soit en le retournant vers le fournisseur, qui a sa propre filière de revalorisation, soit en le confiant à un partenaire qui le broie afin de recréer de nouveaux Oriculis. Mais attention, lorsque le plastique est recyclé, la matière est broyée et ses propriétés mécaniques diminuent. Au moment de l'injection, on vient en complément réinjecter de la matière première « neuve » pour augmenter ses performances techniques. Il en sera de même pour l'Oriculi. C'est pourquoi il faut en prendre soin, comme de tous les objets, afin de le garder le plus longtemps possible.

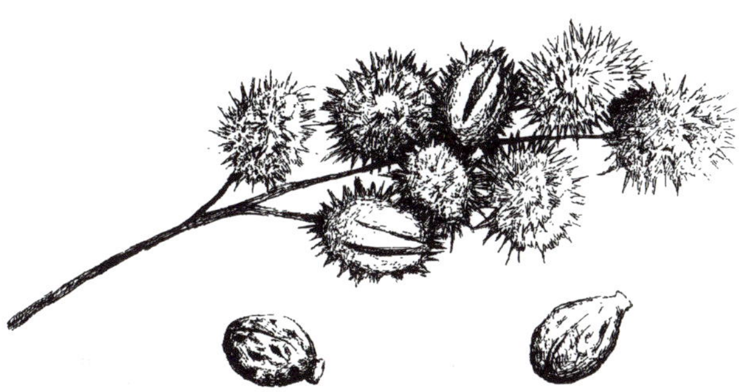

Partie

- 20 -

L'AVENIR DU PLASTIQUE

Demain, le plastique va connaître encore des évolutions, notamment dans sa capacité à être biodégradé et recyclé. S'il y a encore des progrès à faire à ce niveau-là, les industriels sont sur la bonne voie, pour que le plastique usagé ne devienne plus un déchet, mais une matière première à valoriser.

Une enzyme MIRACLE

Et si les enzymes étaient l'une des solutions pour faire du plastique un matériau durable ? En travaillant sur une bactérie dévoreuse de PET, l'*Ideonella sakaiensis*, et sur son enzyme, la PETase, des chercheurs de l'université de Portsmouth, en Angleterre, et du laboratoire national des énergies renouvelables du ministère américain à l'Énergie ont créé une enzyme encore plus puissante pour désagréger les plastiques PET. Elle serait 20 % plus efficace que la PETase. Une piste très prometteuse, qui est déjà utilisée par quelques entreprises pour favoriser la biodégradabilité du plastique.

Le recyclage ENZYMATIQUE PAR CHIMIE VERTE

Cette enzyme dévoreuse de plastique a besoin d'un coup de pouce pour faire son œuvre. Et cela passe par un processus industriel. Certaines entreprises ont misé sur la chimie verte, pour la mettre au service du recyclage du plastique.

C'est ce que propose notamment l'entreprise Carbios, spécialiste du biorecyclage. Elle a mis au point un processus permettant de recycler les déchets plastiques à l'infini, grâce à une enzyme qui a le pouvoir de les dépolymériser.

Les enzymes, génétiquement modifiées, sont alors mélangées aux déchets plastiques dans une cuve à 60 °. En seulement 10 heures, cette technique permet ainsi de dépolymériser 90 % du PET. Elle permettrait de traiter près de 6 000 bouteilles (soit 200 kg de PET) en seize heures. La substance obtenue est ensuite réutilisée pour créer des bouteilles ou des vêtements. Ce processus consomme nettement moins d'énergie que le procédé thermomécanique utilisé traditionnellement. Sans compter que ce dernier réduit les performances du plastique… Cette technique permet de produire du plastique à partir de déchets et non plus à partir de pétrole en vue d'une économie circulaire. La PME française a d'ailleurs publié en avril 2020 un article dans la célèbre revue *Nature*, cosigné par des scientifiques de Carbios et du Toulouse Biotechnology Institute (TBI). Bien sûr, elle a déposé un brevet pour cette innovation de taille...

Le recyclage CHIMIQUE

Mis en place récemment, ce procédé s'oppose au recyclage mécanique. Le recyclage mécanique est le principal mode de recyclage du plastique. Il transforme les déchets sans modifier la structure chimique de la matière.

Le recyclage chimique, lui, transforme la structure chimique des déchets plastiques. Il est utilisé pour les déchets qui ne peuvent pas être recyclés par des processus mécaniques.

Cette technique consiste à brûler les plastiques par craquage thermique (pyrolyse et gazéification). Cela induit des hydrocarbures qui peuvent alors être réutilisés par les industries chimiques. Le plastique devient une nouvelle source d'énergie. Une technique high-tech, mais très coûteuse, qui ne peut être réalisée qu'après un tri très rigoureux des différents plastiques, une purification et une dépolymérisation. Elle permettrait de transformer des bouteilles en panneaux d'isolation par exemple. Cette technique n'en est qu'à ses débuts, mais elle devrait se démocratiser dans les années à venir, avec la volonté du gouvernement d'atteindre 100 % de plastique recyclé en 2025.

Partie
- 21 -

LES CHIFFRES FORTS

10,1 tonnes de plastique sont produites chaque seconde dans le monde. → Source : lefigaro.fr

73 % des déchets sur les plages sont en plastique. → Source : National Geographic

1,5 million d'animaux sont tués chaque année par le plastique. → Source : novethic.fr

700 espèces marines sont menacées par le plastique. → Source : wwwf

90 % des oiseaux de mer ont des fragments de plastique dans l'estomac (contre 5 % en 1960). → Source : gurumed.org

50 % des tortues de mer ont ingéré du plastique. → Source : 20 minutes

18 % des thons et espadons ont des débris de plastique dans l'estomac. → Source : WWF

1 milliard de pailles non recyclables est jeté chaque jour, dont 500 millions par les Américains. → Source : Novethic

40 % du plastique n'est utilisé qu'une seule fois avant d'être jeté. → Source : Waterlogic

9 millions de pailles issues de la restauration rapide sont jetées chaque jour en France. → Source : Novethic

2,3 millions de tonnes de plastique étaient produits dans le monde en 1950. → Source : Futura Sciences

162 millions de tonnes de plastique étaient produits en 1993. → Source : National Geographic

448 millions de tonnes de plastique ont été produits en 2015. → Source : National Geographic

115 000 particules : c'est la quantité de microplastiques qu'on retrouve en Méditerranée. → Source : Tara Expeditions

700 espèces d'animaux marins ont déjà ingéré du plastique. → Source : National Georgraphic

89 milliards de bouteilles d'eau en plastique sont vendues chaque année. → Source : Planetoscope

2 500 000 bouteilles en plastique sont utilisées chaque heure par les Américains. → Source : Planetoscope

99 % des animaux marins auront ingéré du plastique en 2020. → Source : Les Echos

80 000 tonnes de déchets plastiques flottent entre les États-Unis et le Japon. Ce vortex représente 1,6 million de km^2. → Source : Greenpeace

10 millions de sacs plastique sont utilisés chaque minute dans le monde. → Source : Daishowlygeek

700 000 fibres plastiques sont libérées à chaque lavage en machine. Source : Statista

5 000 milliards de morceaux de plastique flottent dans les océans. → Source : National Geographic

6,9 milliards de tonnes de déchets ont été produits depuis 2015. → Source : National Geographic

450 ans : c'est la durée de vie minimum du plastique. → Source : Consoglobe

2020 : c'est l'année où a été interdite la commercialisation de Cotons-tiges en plastique. → Source : Code de l'environnement

Entre 100 et 1000 ans : c'est le temps que met le plastique avant de disparaître totalement lorsqu'il est rejeté dans la nature. → Source : Zero Waste France

8 millions de tonnes de plastique se frayent un chemin jusqu'aux écosystèmes marins chaque année. L'équivalent d'un camion poubelle déversé chaque minute en mer. → Source : Gouvernement

21 % du plastique seulement est recyclé en France. → Source : Novethic

20 % du plastique est recyclé sur la planète. → Source : WWF

44 % seront recyclés en 2050. → Source : WWF

450 ans : c'est le temps que met une bouteille en plastique à se dégrader dans la mer. → Source : theseacleaner

1,9 million de morceaux par mètre carré, c'est la quantité de plastique dans les fonds marins. → Source : revue Science

60 % des déchets en plastique sont des emballages. → Source : Zero Waste France

9 milliards de tonnes de plastique ont été accumulés depuis 1950. → Source : Futura Sciences

9 % du plastique qui a été produit dans le monde a été recyclé. → Source : Futura Sciences

12 % du plastique a été incinéré. → Source : Futura Sciences

79 % de ce plastique s'est retrouvé dans une décharge ou en milieu naturel. → Source : Futura Sciences

2050 : c'est la date à laquelle il y aura plus de plastique que de poissons dans l'océan. → Source : Gouvernement

20 minutes : c'est la durée d'utilisation moyenne des sacs en plastique. → Source : Le Figaro

80 % : c'est la quantité de plastique contenue dans l'eau du robinet, contre 93 % dans l'eau en bouteille. → Source : Ecoco2 et Science & Avenir

1 Français sur 2 ne trie pas ses poubelles. → Source : Le Monde

2040 : c'est l'année où l'emballage plastique à usage unique sera interdit en France. → Source : France Info

2018 : vote de la fin des pailles en plastique en France. → Source : L'info durable

39,5 % du plastique fabriqué serait utilisé pour réaliser des emballages. → Source : Cercle recylage

6 % du pétrole utilisé dans le monde le serait pour fabriquer du plastique. → Source : Ecoconso

40 kg : c'est la quantité de plastique qui a été trouvée dans le ventre d'une baleine aux Philippines en 2019. → Source : Le Nouvel Obs

300 millions de déchets plastiques sont produits chaque année. C'est presque le poids de la population humaine. → Source : Le Parisien

58 % : c'est le taux de recyclage des bouteilles et flacons en plastique. → Source : Recygo

6 fois la taille de la France : c'est l'étendue du septième continent, celui qui regroupe les déchets plastiques flottants poussés par les courants marins et qui forment une plaque géante. → Source : TV5 Monde

3 % des déchets plastiques marins seraient issus de la cosmétique (Cotons-tiges compris). Source : slow cosmétique

60 % d'emballages plastiques recyclés en 2022 : c'est l'objectif fixé par le gouvernement dans le pacte national sur les emballages plastiques. → Source : Pacte national sur les emballages plastique

1 bidon en plastique, **2** pots de fleurs, **2** morceaux de tuyau d'arrosage, **9** mètres de corde, **24** morceaux de plastique, des sacs en plastique… ce sont pas moins de **17 kg** de plastique qui obstruaient l'estomac d'une baleine de 4,5 tonnes échouée sur une plage d'Espagne en 2012. → Source : Geo

8,3 milliards de tonnes métriques de plastique sont produits chaque année. → Source : Futura Sciences

6,3 milliards se transforment en déchets plastiques. → Source : Futura Sciences

68 kg de plastique : c'est la quantité jetée en moyenne par an et par Français. → Source : Actu environnement

5 g : c'est la quantité de plastique qu'on ingère chaque semaine. → Source : Sciences et avenir

7 % du total des émissions de CO2, c'est ce que génère à elle seule la production de plastique. → Source : Les Echos

11 000 : c'est le nombre de microparticules de plastique que l'on peut retrouver dans le corps. → Source : Novethic

5 milliards : c'est la quantité de sacs en plastique consommés chaque année dans le monde, soit environ 10 millions par minute. → Source : Novethic

80 sacs en plastique ont été retrouvés dans le corps d'une baleine échouée en Thaïlande. → Source : Le Figaro

12 000 microparticules de plastique ont été retrouvées dans un litre d'eau de l'Arctique. 17 sortes de plastiques étaient piégées dans la glace. → Source : Sciences et avenir

17 millions de barils de pétrole sont utilisés chaque année pour la production de plastique. → Source : Zéro Waste France

6 % de la production de pétrole dans le monde est utilisé pour produire du plastique. En 2050, elle pourrait être de 20 %. → Source : Energie et environnement

400 millions de tonnes de CO2, c'est ce que généreraient la production et l'incinération du plastique dans le monde. Soit l'équivalent de toutes les émissions de CO2 d'un pays comme la France. → Source : Zero Waste Europe

40 gobelets de café seraient utilisés chaque année par chaque Français. Mais aussi 49 pailles, 996 mégots de cigarette, 96 bouteilles en plastique et 5 contenants de vente à emporter. → Source : Zero Waste France

25 % : c'est l'augmentation de la production de plastique aux États-Unis, durant la période entre Thanksgiving et Noël. En cause notamment, les rubans pour emballer les cadeaux ou les 12 millions de pulls de Noël fabriqués à partir de matière plastique. → Source : Les Echos

90 % des jouets pour enfants sont en matière plastique. → Source : Les Echos

40 % : c'est la hausse des déchets observée en Méditerranée chaque année à cause des incivilités des vacanciers. → Source : Les Echos

80 % des produits manufacturés sont jetés dans les six premiers mois de leur vie. → Source : Agoria

90 % des fournitures scolaires achetées par les Américains sont en plastique. → Source : Le Figaro

9 milliards de tonnes de plastique ont été produites depuis la découverte de ce matériau. → Source : Le Figaro

66 tonnes de plastiques sont déversés en France dans la Méditerranée. Soit l'équivalent de 9 bennes à ordures quotidiennes. La Turquie en déverse 144 tonnes, l'Espagne 126 et l'Italie 90 tonnes. Source : WWF

8 346 055 kilos de déchets plastiques ont été collectés sur les côtes en 2016. Soit le poids de 60 baleines bleues. → Source : International Coastal Cleanup

1 tonne de plastique pour 3 tonnes de poissons, c'est le ratio estimé dans les océans en 2025. En 2050, on estime qu'il y aura plus de plastique que de poissons. → Source : Le Figaro

3,3 tonnes de déchets plastiques sont produits chaque année par la France. → Source : Planetoscope

53 kg : c'est la quantité de plastique consommée par chaque individu dans le monde. → Source : WWF

N° 3 : le plastique est le matériau le plus fabriqué au monde après le ciment et l'acier. → Source : Le Monde

230 € à 4 600 € : c'est le montant de l'amende que vous paierez à Oman, si vous utilisez un sac plastique à usage unique à compter du 1er janvier 2021. → Source : Le Figaro

3 000 tonnes de plastique en moins, c'est ce que promet Mc Donald's, qui a arrêté les jouets en plastique dans ses menus Happy Meal au Royaume-Uni et en Irlande. L'initiative pourrait s'étendre dans d'autres pays. L'enseigne a déjà ouvert en Allemagne et au Canada, trois restaurants sans plastique. → Source : Geo

600 millions de tonnes de plastique pourraient être produits en 2025. → Source : Les Echos

3 tonnes de détritus ont été ramassées sur l'Everest en 2019. → Source : Altitude news

20 % d'emballages plastiques supplémentaires ont été produits depuis la crise du Coronavirus. → Source : Novethic

0,45 centime : c'est l'impôt fixé par l'Italie pour chaque kilo de plastique vierge mis sur le marché. → Source : le Petit Journal

11,8 tonnes de plastiques sont produites chaque seconde dans le monde. → Source : Le Figaro

20 à 40 ans : c'est le temps qu'il faudra pour que la France atteigne un taux de 100 % de recyclage du plastique en France. → Source : clikeco

90 % des cigarettes contiennent des filtres en plastique. Source : forbes.fr

40 milliards de mégots finissent chaque année dans la nature. On en ramasse 10 millions par jour à Paris. → Source : megot.com

Partie

- 22 -

LES OBJETS EN PLASTIQUE À BANNIR ABSOLUMENT ET FACILEMENT

LA COMMISSION EUROPÉENNE A LISTÉ 15 PRODUITS EN PLASTIQUE IDENTIFIÉS COMME PARTICULIÈREMENT PROBLÉMATIQUES POUR L'ENVIRONNEMENT, SELON ZERO WASTE FRANCE : CONTENANTS ALIMENTAIRES, EMBALLAGES EN PLASTIQUE SOUPLE, PAILLES, BALLONS ET LEURS TIGES, GOBELETS, COUVERTS ET ASSIETTES, BOUTEILLES, COTONS-TIGES, LINGETTES, PROTECTIONS HYGIÉNIQUES, SACS, MÉGOTS, FILETS DE PÊCHE. BIEN SÛR, VOUS POUVEZ VOUS INSPIRER DE CETTE LISTE, MAIS IL EXISTE BIEN D'AUTRES OBJETS DONT VOUS POURREZ VOUS PASSER, ET SANS TROP D'EFFORT.

LES GOBELETS

Pour boire de l'eau de la fontaine, du thé ou du café, troquez-les contre un verre ou un gobelet en porcelaine ou métal. À avoir toujours au bureau, ou dans votre voiture si vous voyagez souvent et que vous faites des pauses régulièrement dans les stations-service.

LES TOUILLETTES

À chaque café ou thé consommé, c'est un de ces accessoires en plastique qui finit aussitôt à la poubelle. Troquez-les contre une petite cuillère ou une spatule en métal. Et si vous ne prenez pas de sucre, zappez-les totalement !

LES PAILLES

Loin d'être indispensables pour les adultes, c'est typiquement le produit dont vous pouvez complètement vous passer. Si vous les utilisez pour des cocktails, choisissez des pailles en bambou ou en verre.

LES BOUTEILLES

Préférez les bouteilles en verre, certes, plus lourdes, mais qui se recyclent à l'infini et que vous pourrez remplir à votre guise. Vous pouvez aussi utiliser d'autres contenants, comme des carafes, des gourdes, etc.

LES PROTECTIONS PÉRIODIQUES

Étonnamment, la plupart des serviettes conventionnelles contiennent une importante quantité de plastique (et une multitude d'autres produits chimiques !)... L'alternative ? Des serviettes bio sans plastique, des tampons bio, une culotte menstruelle ou bien une cup menstruelle.

LE RUBAN BOLDUC ET LE PAPIER CADEAU

À simple visée décorative, ils se retrouvent à la poubelle aussitôt utilisés. C'est l'occasion de revoir votre manière d'emballer les cadeaux. Inspirez-vous des Japonais et des furoshikis, cette technique qui consiste à emballer les présents dans des tissus joliment noués.

LA VAISSELLE EN PLASTIQUE

Si le jetable est la seule alternative, choisissez des assiettes en carton et des couverts en bois. Sinon, préférez la vaisselle lavable, qui aura toujours notre préférence. Vous pourrez facilement trouver des assiettes en métal, ultra-légères, par exemple.

LES COTONS-TIGES

Ces produits jetables peuvent être remplacés par un accessoire plus durable, comme un Oriculi ou un cure-oreilles en métal. Un accessoire que l'on peut garder toute la vie (ou presque...).

LES CINTRES

Oubliez définitivement les cintres en plastique, qui en plus de manquer de solidité, sont les ennemis de l'environnement. Privilégiez ceux en métal ou en bois, plus résistants et plus écologiques. Et si vous êtes un adepte du pressing, choisissez des enseignes qui proposent un système de consigne pour les cintres.

LES STYLOS À BILLE

Utilisés en très grande quantité car perdus, empruntés ou cassés, ils peuvent être remplacés par des versions rechargeables, plus durables ou par des stylos « green » dont le corps est en carton et non en plastique.

LA CARTE DE CRÉDIT

Savez-vous qu'elle peut désormais être remplacée par une version en métal ? C'est en tout cas ce que proposent certaines banques. Plus élégante, plus résistante, impossible à casser ou à plier, elle peut être une alternative pour les personnes qui ne veulent plus du tout de plastique dans leur vie. Certaines banques, dans une démarche écologique, associent cette carte à la plantation d'arbres pour chaque palier de 100 € dépensés.

Partie
- 23 -

10 IDÉES POUR SE LANCER EN DOUCEUR

1 / **Acheter une gourde et boire de l'eau du robinet.** À la maison, au bureau ou à la salle de sport, la gourde est votre meilleure alliée. Choisissez-la avec un filtre charbon, pour purifier l'eau du robinet et lui apporter un meilleur goût. Et, bien sûr, préférez-la en verre ou en métal.

2 / **Ne plus acheter de sac au supermarché. Ni dans quelque magasin que ce soit**. Partout, emportez avec vous un sac réutilisable en tissu. Choisissez-le très fin, de manière à l'avoir en permanence dans votre sac à main.

3 / **Emporter son contenant lorsqu'on achète en vrac ou à la coupe.** Tissu recouvert de cire d'abeille, boîte hermétique en verre, n'oubliez pas votre contenant à chaque fois que vous allez faire les courses chez le boucher, le poissonnier ou chez le traiteur.

4 / **Au bureau, utiliser une tasse et la laver régulièrement.** Dites adieu aux gobelets en plastique, emportez une tasse au bureau et utilisez-la chaque fois que vous voulez boire un thé ou un café. Nettoyez-la en fin de journée, ou rapportez-la chez vous.

5 / **Ne plus accepter de paille, ni de vaisselle jetable.** Refusez systématiquement ces objets dont vous pouvez vous passer. Remplacez la vaisselle jetable par des objets lavables, conçus dans des matériaux légers, plus faciles à transporter.

6 / **Passer à la cosmétique solide.** C'est une solution efficace pour lutter contre les emballages et contre le gaspillage. Avec ces savons, shampooings, démaquillants, vous ne perdez plus une goutte de produit et vous évitez les conditionnements en plastique.

7 / **Fabriquer ses produits ménagers.** Ce rituel peu contraignant peut vous faire diminuer de manière drastique votre consommation de plastique. Savon de Marseille, savon noir, bicarbonate de soude sont des alternatives aussi sûres qu'efficaces.

8 / **Oublier le film plastique.** Il s'est invité dans nos vies et nous donne l'impression d'être irremplaçable. Pourtant, il est si facile de s'en passer. Troquez-le contre des boîtes hermétiques, des tissus souples ou enduits de cire d'abeille.

9 / **Privilégier les pots en verre.** Lorsque vous avez terminé un pot de confiture, de légumes en bocal, conservez ces contenants parfaitement hermétiques et durables. Lavez-les et réutilisez-les pour ranger toutes sortes d'aliments achetés en vrac : pâtes, légumineuses, fruits secs, ou même bonbons.

10 / **Dire adieu au briquet.** Bien pratique pour les fumeurs, mais aussi pour allumer bougies, gazinière, ou autre, cet objet en plastique peut être remplacé par des allumettes ou par un beau briquet en métal que vous pourrez garder des années. Au passage, essayez d'arrêter de fumer car les mégots de cigarette constituent des déchets plastiques importants !

Partie
- 24 -

ATTENTION AUX FAUSSES BONNES IDÉES

POUR ÉLIMINER LE PLASTIQUE OU, DU MOINS, POUR RÉDUIRE SA CONSOMMATION DE MANIÈRE SIGNIFICATIVE, CERTAINS RÉFLEXES PEUVENT PARAÎTRE ÉVIDENTS. POURTANT, CE NE SONT PAS SYSTÉMATIQUEMENT CEUX QU'IL FAUT RÉELLEMENT ADOPTER. EN EFFET, ILS NE SONT PAS FORCÉMENT LES MEILLEURS ALLIÉS DE L'ENVIRONNEMENT. ON VOUS DIT TOUT SUR CES FAUX AMIS.

Les ÉCO-RECHARGES

C'est la tendance depuis quelques années. Plutôt que de racheter un flacon de shampooing ou de gel douche, un bidon de lessive, on a tendance à adopter les éco-recharges, plus souples, plus légères et plus faciles à transporter.

Si elles permettent de réduire la quantité de plastique de manière drastique (jusqu'à 80 %), elles présentent un inconvénient de taille : elles ne sont pas prises en charge par les centres de tri et ne sont donc pas recyclées.

Ce n'est donc pas la solution la plus écologique, bien au contraire. Mais des progrès sont en cours... Aujourd'hui, certaines entreprises travaillent au recyclage de ces éco-recharges, en partenariat avec TerraCycle. Lorsqu'elles sont conçues en mono-matériau, elles peuvent être recyclées dans certains centres de tri, mais pas tous... ce n'est donc pas la solution idéale pour vous orienter vers une vie sans plastique.

La COSMÉTIQUE BIO

Bien sûr, quand on pense cosmétique certifié bio, on pense environnement. Si les chartes comme Cosmebio encouragent l'éco-conception, elles n'interdisent pas le plastique.

Ainsi, en bio, le PE, le PET, le PP et le PETG sont autorisés. Même si le label veille au recyclage des déchets, certaines marques continuent à utiliser des contenants en plastique. Idem pour l'alimentation.

On trouve parfois des légumes bio emballés dans du film plastique... Le bio n'est donc absolument pas la garantie du zéro plastique et, de ce fait, pas forcément la meilleure solution. Même si vous consommez bio, réfléchissez bien avant d'acheter.

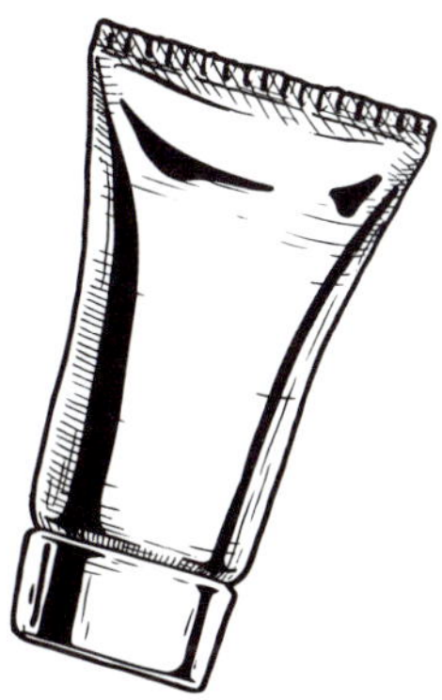

CONCLUSION

Espérons que cet ouvrage vous aura aidé à prendre conscience de l'impact du plastique dans votre vie, à changer un peu, beaucoup, ou passionnément votre comportement… Si vous êtes parvenu à réduire de manière drastique l'utilisation du plastique, c'est que vous avez réussi, comme le colibri, à « faire votre part ».

Pour aller encore plus loin dans votre défi, n'hésitez pas à partager vos astuces avec quelques personnes de votre entourage, quitte à leur transmettre ce livre. Il ne tient qu'à vous de faire évoluer les choses pour que les générations à venir n'aient plus à vivre sur une planète en plastique, et puissent profiter pleinement d'un environnement plus sain.

Les adresses

Atelier-Boutique Lamazuna - 31 rue Louis Blanc - 75010 Paris

Lamazuna SAS - 60 rue des Entrepreneurs - 26300 Marches

Direction d'édition : Thierry Lamarre
Édition : Adeline Lobut
Textes : Céline Mollet
Correction-révision: Isabelle Misery
Photographies : Fabrice Besse
Stylisme : Sonia Roy
Conception graphique, mise en pages et couverture : Either studio

Éditions Marie Claire
Publiées par Société d'Information et de Créations - SIC
Une société de Marie Claire Album
10, bd des Frères-Voisin 92792 Issy-les-Moulineaux CEDEX 9 - France
Tél. 01 41 46 88 88
RCS Nanterre 302 114 509
SARL au capital de 822.000 euros

ISBN : 979-10-323-0487-7
N° Éditeur : 38369
Imprimé par Elcograf, S.p.A., Vérone, Italie
Dépôt légal : décembre 2020

www.sotrendoo.com